光文社文庫

長編時代小説

凶眼

徒目付勘兵衛

鈴木英治

光 文 社

目次

第一章 7
第二章 104
第三章 188
第四章 244

主な登場人物

久岡勘兵衛――古谷家の次男で部屋住みだったが、親友・久岡蔵之介の不慮の死によって久岡家に婿入りする。久岡家の家業である書院番を継いだのち、飯沼麟蔵に引き抜かれ徒目付となる

美音――勘兵衛の妻。蔵之介の妹

山内修馬――勘兵衛の同僚で歳も同じ徒目付

飯沼麟蔵――腕利きの徒目付頭。勘兵衛の兄・古谷善右衛門の友人

稲葉七十郎――南町奉行所定町廻り同心。勘兵衛より三歳下

清吉――七十郎の中間

多喜――古谷家の女中頭。今は久岡家で働く

徒目付勘兵衛　凶眼

第一章

一

夜の府内《ふない》を提灯《ちょうちん》なしで歩くのは禁じられている。

梶山植之介《かじやまうえのすけ》に、そんな法度《はっと》は関係なかった。三間《げん》（約五・四メートル）ほど前を行く男の背中に厳しい眼差しを注いでいる。

これだけ見つめても気づかない。鼻歌こそ出ていないものの、よほど機嫌がよいと見える。

剣のほうはかなりの腕前ときいていたが、さしたることはないのだ。立派な両刀を腰に差してはいるが。

供は一人。紋の入ったぶら提灯を手に、あるじを先導している。

植之介はあたりの気配をうかがった。前後とも人けは絶えている。

よかろう。

植之介は足をはやめ、一気に近づいた。

男のほうが背が高い。背伸びをして男の首に腕を絡め、力をこめた。

一言も発することなく男が気を失い、ぐにゃりともたれかかってきた。植之介は男を肩に担ぎあげ、目当ての路地にすばやく身を入れた。

顔をのぞかせて道を見やると、ゆっくり提灯が遠ざかってゆくところだった。

そのまま行け。行ってしまえ。

心のうちでほくそえみ、植之介は男を担ぎ直した。路地を、奥に向かって歩いてゆく。


呼びかけられている。

はっとして魚田千之丞《うおたせんのじょう》は目を覚ました。

目の前に見知らぬ顔がある。どきりとした。思わず身を引く。

男はじっと見ている。感情というものを感じさせない瞳《ひとみ》だ。

ほんの一尺（約三十センチメートル）ほどしか離れていないのに、薄い幕がおりているかのように男の顔がぼんやりしているのは、部屋の隅に置かれた行灯《あんどん》があまりに暗いからだ。

「起きたか」

男が低い声できいてきた。少しは落ち着きが戻ってきたようで、男が声をつくっているらしいのがわかった。もともとは甲高いのでは、と思わせる顔つきをしている。

おぬしは、ときこうとして猿ぐつわをされていることに千之丞は気づいた。

「大声をだすな。わかったな」

炎のような光が瞳に宿り、気圧《けお》された千之丞はうなずいた。恐怖が腹のあたりに居座る。

男が手をのばす。猿ぐつわが取り去られ、息が楽になった。

「お、おぬしは」

情けないことに声がうわずった。少し喉《のど》が痛い。その痛みで、どうしてこんなところにいるのか、千之丞はなんとなく思いだした。

今日は、朝から碁会所に久しぶりに出かけたのだ。町人、武家の隠居など、次々に相手を申し出てきた者たちすべてを負かすことができた。

腕はまったく落ちておらぬな。久しぶりに酒でも飲むか。いや、いかぬ。わしは酒はきっぱりとやめたのだから。だが飲んだらさぞうまかろうな。

そのいい気分のまま歩いていたら、背後からいきなり首を絞めつけられたのだ。

今は両手両足を縛りつけられ、壁に背中を預ける格好になっている。

畳敷きの一室だ。広さは六畳ほどだろう。三方が壁で、向かいだけが襖《ふすま》になっている。襖に描かれている絵は富士山のようだ。

男が薄い頰《ほお》をゆるませている。

「おい、俺の正体を知りたいか。まあ、そうだろうな。だが、おまえさんが俺のことを知る必要はない」

「ど、どうしてこんなことをする」

「おまえさんが入り用だからだ」

「入り用だと。どうして」

「それも答えられんな」

男が身を乗りだしてきた。なにをするのか、と思ったが、声が出なかった。

男は脇差《わきざし》を一本、帯びている。

自身の大小は、当然のことながら取りあげられている。千之丞は男の脇差に目を向けたかったが、必死に我慢した。

「文《ふみ》を書け」

唐突にいわれた。

「えっ」

男がもう一度繰り返す。

「誰宛《だれあて》の」

「おまえさんの妻だ」

「君江《きみえ》に。なにゆえ」

「必要があるからだ」

「どんな文面を」

「今いう」

腕の縛《いまし》めが取られ、目の前に文机《ふづくえ》が持ってこられた。行灯がそばに移され、文机に一枚の紙と墨のたっぷりと入った硯《すずり》が置かれた。筆を持たせられる。

「いう通りに書け」

千之丞は、男が薄い唇《くちびる》から吐きだす言葉を慎重に書きとめていった。

「よし、これで終わりだ」

「なぜ、このようなことを書かなければならぬ」

千之丞は筆を取りあげられた。

「しばらくここにいてもらうためだ」

「なにゆえだ」

「その必要があるからだ」

墨が乾くのを待って文を折りたたんだ男が封をする。筆を無造作に矢立《やたて》にしまい、文机を移動させた。背中ががら空きだ。

今しかない。千之丞は決意した。足は自由にならない。体をねじるようにしてつかみかかり、男の脇差に手をのばす。

つかんだ、と思った瞬間、男は消えていた。

あっ。

「ここだよ」

背後から声がわきあがり、びしりと首筋を打たれた。うっ。うめき声をあげて、千之丞は畳に倒れこんだ。

「おまえさんじゃ、天地がひっくり返っても俺に勝つことはできん」

襟元をつかまれ、顔を持ちあげられる。

「今度こんなことをしたら、命はないものと思え」

男がにっと笑う。

「冗談だ。おまえさんには生きていてもらわなければならん。逃げるためになにをしようとかまわんが、なにをしたところで無駄でしかない。そいつははっきりとわかっただろう」

猿ぐつわをかませて腕に縛めをした魚田千之丞を柱にくくりつけてから、植之介は外に出た。

暗い。だがその暗さも、今の自分にはふさわしい気がした。月はなく、黒い空は厚い雲に覆われている。かすかに雨のにおいがしている。明日の朝には降りだすかもしれない。

植之介がやってきたのは、小日向水道端《こひなたすいどうばた》と呼ばれる一画だ。じき四つ（午後十時）になろうとしているのに、江戸川が流れる川沿いの道には人通りはかなりある。近くに小日向の町並みが広がっているのが大きいのだろう。

植之介は、武家屋敷ばかりが建ち並ぶ町のほうに入りこんだ。あたりには、小身《しょうしん》の旗本《はたもと》や御家人《ごけにん》の屋敷がかたまっている。

小身がほとんどということが理由なのか、近くには辻番所《つじばんしょ》があまりない。その点は楽だった。

もっとも、辻番所につめている者は年寄りばかりで、その目を盗むなど植之介には造作もないことだ。

一軒の屋敷の前に立つ。門がひらかれており、なかからは喧噪《けんそう》がきこえてくる。どうやら供の者の注進により、不在となったあるじを総勢で捜しているようだ。総勢といっても禄高《ろくだか》は知れている。たいした数ではないだろう。

門の前を通りすぎ、植之介は腕をのばして塀の上に体を持ちあげた。音もなく庭に飛びおりる。

あらかじめ千之丞からきいていた場所をめがけ、歩きだす。

ここか。足をとめ、なかの気配を嗅《か》いだ。閉めきられた障子の向こうは暗く、人けはない。

よかろう。植之介は濡縁《ぬれえん》にあがり、障子をひらいた。

八畳間だ。意外に広い部屋を自室にしている。

文机が部屋の隅に置かれている。引出しをひらき、植之介は文をしまい入れた。

これでよし。一人うなずき、庭へ出た。

二

「おい、勘兵衛《かんべえ》」

まだ誰もいない詰所《つめしょ》で久岡《ひさおか》勘兵衛はなんとはなしに書類に目を落としていた。

振り返ると、徒目付《かちめつけ》の同僚である修馬《しゅうま》が襖を閉めたところだった。静かに歩み寄ってきて、隣の文机の前に腰をおろした。

「ここ最近、俺の顔色がよくなったと思わぬか」

なにをいっている、と勘兵衛はいぶかしい思いで修馬を見つめた。

「もともと顔色はいいだろうが。そのつやつやした肌、女にできそうだぞ」

「その手の自信は前からあるんだ。この職を辞したら、女形《おやま》になるという手もある」

「女形は無理だな」

勘兵衛が素っ気なくいうと、どうしてだ、と嚙《か》みつくようにきいてきた。

「剣の修行に熱を入れただろうが。体がたくましすぎるんだ」

「そうか、まあ、そうだな。女形はあきらめるしかあるまい」

修馬が見返してきた。

「その点、勘兵衛ははなからあきらめがついていていいな。その頭では女形は無理だ。前座の見世物くらいにはなるかもしれんが」

「うるさい。それで顔色がいい、というのはなんなんだ」

「ああ、それだ。最近、しじみをよく食べるようになったんだ。食べるといっても味噌《みそ》汁《しる》だが」

「しじみは特に肝《かん》の臓にいいらしいからな、いいことではないか。なにゆえよく食べるようになったんだ」

「最近、屋敷に新しい行商の女が出入りするようになったんだ。若い上に美形らしいんで、是非とも顔を見たいと思っているのだが。おたまにきくと、よそにくらべてだいぶ安いそうなんだ」

「おたまというのは台所の者だな」

「そうだ。台所の一切をまかせている。勘兵衛のところのお多喜《たき》と同じだ。お多喜のように樽《たる》みたいな体はしておらんが」

お多喜は久岡家の女中頭《じょちゅうがしら》だ。もともとは勘兵衛の実家の古谷《ふるや》家で女中頭をつとめていたのだが、勘兵衛が引き抜いたのだ。

「よくわかった。修馬がそういっていたとお多喜にいっておこう」

「それはやめてくれ」

修馬があわてていう。

「お多喜が怒ると本当に怖いんだろ。勘兵衛の屋敷に遊びに行ったとき、なにも食わせてもらえなくなるのは困る」

「ところで、安いってどのくらいだ」

久岡家は千二百石《こく》だ。それなりの禄高といっていいのだろうが、家計が苦しいのはよそと変わらない。少しでも足しになれば、という気持ちが勘兵衛にはある。

「さあ、俺が知るわけがない。ただ、おたまのいい方からして三割近くは安いのではないのかな」

「そいつは大きいな。うちにも来てもらいたいな」

「そうか。今度おたまに頼んで、勘兵衛の屋敷にも行ってもらうようにしよう」

「頼む。――体の調子はいいのか」

「すごいぞ。しじみはいいとはきいていたが、ここまでとは思わなかった」

「そいつはよかった。役目をこなしてゆく上でも、体調というのは大事だからな」

勘兵衛は昨夜、妻の美音《みね》からいわれていたことを思いだした。まだ誰も来ないうちにつたえてしまったほうがいい。

「修馬、話があるんだが」

「なんだ、金ならないぞ」

「安いしじみに喜んでいる男に、金を無心するつもりなどない」

勘兵衛は声を低くした。

「話というのは見合いだ」

「なに」

「美音の従妹《いとこ》だ。美音に似て、といういい方は手前味噌《てまえ》になってしまうが、美人で気立てもいいそうだ」

「そうか……」

「気が乗らぬか」

「まあな」

もっともだった。許嫁《いいなずけ》のお美枝《みえ》が何者かに殺されて十ヶ月以上。修馬はまだ心の整理がついていないのだ。

「一度会うだけ会ってみぬか」

しかし修馬は、うん、といわない。

「勘兵衛、その話はお美枝のことが終わったら、にしてもらえぬか」

「かまわぬが、すでにいくつか縁談があるそうだ。あまりおそくなると、よその男に取られてしまうぞ」

「それはそれで仕方ない。それだけの縁だったということだろう。ところで勘兵衛」

「なんだ」

「その娘はなんという名だ」

「乗り気ではないか」

「馬鹿をいうな。ただきいただけだ」

「名はな……」

しばらく黙った。

「もったいつけずにはやく教えろ」

「早苗《さなえ》どのという」

「早苗どのか。きれいな名だな」

その後、詰所は同僚たちで一杯になった。徒目付頭の飯沼麟蔵《いいぬまりんぞう》もやってきた。

今、勘兵衛たちはむずかしい事件を抱えていない。麟蔵に許しをもらってから、まずは城内の見まわりに出た。

櫓《やぐら》や各番所につめている番士たちを見まわった。緊張に体と心を張りつめている者もいないが、仕事を怠っているような者もいなかった。

江戸城内はいつもと同じ平穏を保っている。

午後、勘兵衛たちは江戸の町に出た。ここでも見まわりだ。

勘兵衛たちが出たのは、麴町《こうじまち》のほうだ。町は町人たちであふれかえっている。季節も真冬となり、吹き渡る風はさらに厳しいものになっているのに、町人たちは寒さなどものともせず、歩きまわっている。

「勘兵衛、腹が減ったな」

ふだんなら勘兵衛は美音の心のこもった弁当を詰所で食べるのだが、今日は町に出るということで持ってこなかった。それは母親がつくる修馬も同じだった。

「修馬、どこかいい店を知っているか」

「楽松《らくまつ》は昼はやっておらぬのか」

腕のいいあるじである松次郎《まつじろう》という男がやっている料亭で、味に比して値が信じられないほど安い。勘兵衛は何年も前から、特に贔屓《ひいき》にしていた。

「残念ながら夜だけだ。あそこが昼飯をだしてくれたら、最高だろうな」

「安くてうまくて量もたっぷり、というやつだろうさ」

その絵が頭に浮かんでいるのか、修馬は舌なめずりしている。

「勘兵衛、ぶらつきながら探すか」

「そうしよう」

そんなことをいい合って歩きだしたとき、勘兵衛は雑踏の先に長身の男の顔を見た。

あれは、と気づき、歩み寄っていった。

「これは久岡さん」

南町奉行所《みなみまちぶぎょうしょ》の定町廻り同心《じょうまちまわりどうしん》稲葉七十郎《いなばしちじゅうろう》だった。うしろに中間《ちゅうげん》の清吉《せいきち》が控えている。

「山内《やまうち》さんもご一緒でしたか」

「勘兵衛は俺抜きでは仕事ができぬからな、いつでもくっついてくるんだ」

「ちょうどよかったよ、七十郎」

修馬の軽口に取り合わず、勘兵衛はいった。

「昼餉《ひるげ》はすませたか」

「いえ、まだです。ご一緒しましょうか」

「いい店がないか、と修馬と探そうとしていたんだ」

「なにがよろしいんですか。魚ならうまいところがありますよ」

魚ならいうことなしだ。

勘兵衛が稲葉七十郎と知り合ったのは、人を殺して首を切り取ってゆく闇風《やみかぜ》という男に勘兵衛が襲われたとき、たまたま七十郎が通りかかってくれたからだ。おかげで勘兵衛は命を拾うことになったのだが、それから勘兵衛は七十郎と親しくつき合うようになったのだ。もう七年以上前のことである。

七十郎が連れていってくれたのは、表通りから一本入った裏通りにある、こぢんまりとした小料理屋だ。暖簾《のれん》には『勝波《かつなみ》』と染め抜かれている。

「こんなところにこんな店があったのか。知らなかったな」

勘兵衛がいうと、七十郎がうなずいた。

「麹町と一口にいっても、広いですからね」

暖簾を払ってなかに入る。なかは座敷だけのつくりだ。二十畳ほどはあるだろうか。いくつかの間仕切りがされていて、五組ほどの町人が座を占めていた。

右手に階段がある。上にも座敷があるようだ。

「女将《おかみ》、上、いいかな」

七十郎がたずねると、どうぞおあがりください、と色白の女がやさしい笑みをつくった。

二階は空《す》いていた。こちらも二十畳ほどある座敷だが、職人らしい男が三人、輪をつくって飯を食べているのみだ。勘兵衛たちが入ってゆくと、ていねいに頭を下げてきた。

勘兵衛たちは会釈を返して、男たちからやや離れたところに座りこんだ。

「なにがうまいんだ」

修馬が七十郎にきく。

「今でしたら、鰤《ぶり》とか鮭《さけ》ですか」

「鰤がいいな。脂がたっぷりのっているだろう」

注文を取りにやってきた女将に、修馬と七十郎が鰤の煮つけ、勘兵衛と清吉が鮭の塩焼きを頼んだ。そのほかに飯、味噌汁、漬物をつけてもらう。

ありがとうございます。とんとんと小気味いい音をさせて、女将は階段をおりていった。

「勘兵衛、鮭を頼むんだったらいつもの弁当と同じではないか」

「同じということはないさ。美音は確かに包丁の腕をあげたが、その道をもっぱらにする者ほどの腕はない。七十郎がうまいと連れてきてくれた店だ、同じ鮭でもやはり一味も二味もちがうだろう」

「なるほど、そういうものかもしれぬな」

勘兵衛は茶をすすった。

「七十郎、このところ世間を騒がせるような事件は起きておらぬよな」

「ええ、なにもないですね。静かなものですよ。天下は太平です」

やってきた鮭は期待にたがわなかった。塩はきつくしておらず、鮭本来の味を引きだすことに意を傾けているようだ。甘みのある身は飯とすばらしく合った。

「勘兵衛、うまそうだな」

横から修馬がのぞきこむ。

「その皮、きらいなのか」

「馬鹿をいうな。最後に食べようと思って取ってあるだけだ」

「千二百石の当主のくせに、やることがさもしいんだよ」

「修馬だってその皮は食べぬのか。食べぬのなら、もらってやるぞ」

修馬が目をむく。

「馬鹿をいうな。皮は鮃のなかで一番うまいところではないか」

そんなやりとりを七十郎と清吉が笑って見ている。

「お二人、仲がよろしいですね」

「いいものか」

修馬が飯粒を飛ばすようにいい放つ。

「たかが鮭の皮もくれぬ男だぞ。こんなけちな男と仲がいいはずがない」

「それはお互いさまだろうが」

勘兵衛は鮭の皮で最後の飯を食べた。飯に鮭の脂が染みだして、とても美味だった。

「うまかった」

満足して箸《はし》を置き、茶を喫した。

「ここの板前、いい腕をしているな」

「なんでも、楽松の松次郎と同じ店で修業したそうですよ」

「ああ、そうなのか」

それならうまいのも当然だった。

「その修業した店というのは」

「確か、磯甚《いそじん》とかいいましたね。店は神田鍋町《かんだなべちょう》にあるとのことです」

「へえ、そうか。一度行ってみたいな」

「よし、勘兵衛、今度行ってみよう」

勝波の代は勘兵衛が持った。

「いつもすみません」

七十郎と清吉が感謝の意をあらわす。

「いいんだ」

「そうだ、勘兵衛は大身《たいしん》の当主だ。このくらい、気にすることはないさ」

「次は修馬、おまえが持てよ」

「勘兵衛、さもしいことをいうな」

店を出たところで町廻りに出るという七十郎たちとわかれた。

「さて勘兵衛、これからどうする」

勘兵衛は腕組みをした。寒風が吹き渡り、袴《はかま》の裾《すそ》を払ってゆく。土埃《つちぼこり》が巻きあがり、修馬が顔を伏せた。

「お美枝どののことを調べよう」

「そうだな。だが勘兵衛、どこから当たる」

勘兵衛は顎《あご》をなでさすった。少しざらざらしているのは今朝剃《そ》り残したひげではなく、さっき当たった土埃のようだ。

「ふむ、そうだな。八郎左衛門《はちろうざえもん》は死んでしまったしな」

修馬の許嫁だったお美枝の育ての親の八郎左衛門は、本八屋《ほんはち》という金貸し屋を営んでいたが、つい半月ほど前に殺されてしまった。下手人は勘兵衛たちがとらえ、すでに死罪となった。

「だが勘兵衛、八郎左衛門はなにも知らなかったからな。仮に生きていたとしても、お美枝の事件に関してはおそらくなにも……」

「そうかもしれぬな」

「子供のところに行ってみぬか」

「ああ、いいな。八郎左衛門が死んでから、どうなっているか気になる。だが修馬、おまえはもう何度か行っているんだろう」

「まあな」

小日向松枝町《まつがえちょう》に向かう。

子供たちはちょうど手習所《てならいじょ》から帰ってきたようで、庭で群れて遊んでいた。

「あっ、修馬のお兄ちゃん」

枝折戸《しおりど》を入ると、子供たちがいっせいに駆け寄ってきた。

「頭の大きなおじさんもいらっしゃい」

「ちょっと待て、進吉《しんきち》」

修馬が進吉という男の子にいう。

「頭の大きなおじさん、というい方はわかりやすくてとてもいいが、この男にも久岡勘兵衛という立派な名がある。次からはそれで呼んでやってくれぬか」

「うん、わかった。次からは頭の大きなおじさん、と呼ばなきゃいいんだね」

進吉が勘兵衛に顔を向けてきた。

「頭の大きなおじさん、もう二度と頭の大きなおじさんって呼ばないからね」

「ああ、頼む」

勘兵衛は苦笑するしかなかった。

この家には、二十数名の身寄りのない子供が住まっている。最初は、お美枝の父親と友達だった八郎左衛門が両親を失ったお美枝を憐《あわ》れんで建てた家だったそうだが、自然に同じような境遇の子供たちを引き取ることになったらしい。

修馬と知り合う前はお美枝が八郎左衛門の援助を受けて子供たちの世話をしていたそうだが、お美枝が殺されたあと、益太郎《ますたろう》、お路《みち》夫婦が代わってその役についている。子供たちの血色のいい顔からして、食事にも不自由していない様子だ。八郎左衛門亡きあと、本八屋をまかされる格好になった番頭や手代《てだい》たちは、この子供たちの世話をしっかりとやってくれている。

つつがなく子供たちが暮らしているのがわかり、勘兵衛はほっと胸をなでおろした。これなら心配はいらないだろう。

修馬が子供たちに、あらためてお美枝のことをきいた。

これまで何度もたずねていることで、子供たちが新たに思いだしたことはなかった。

三

落ち着かぬ。

佐野太左衛門《さのたざえもん》は、頰をしたたり落ちる汗をぬぐった。

「どうした」

肩を並べている義兄の喜多川佐久右衛門《きたがわさくえもん》にきかれた。

「この寒いのに、夏みたいな汗のかき方をしているな」

「風邪気味なのかもしれませぬ」

「大丈夫か」

「ええ、大丈夫です。今日ははやめにやすむようにします」

「そうか。せっかく久しぶりに会えたのだから、屋敷で酒でも飲んで語り合いたかったが、風邪というのなら仕方あるまい」

久しぶりに会ったというのは、と太左衛門は思った。決して偶然ではない。大番《おおばん》衆の一人である太左衛門は内桜田門《うちさくらだもん》内の腰かけに座りこみ、使番《つかいばん》の職にある佐久右衛門の帰りを待っていたのだ。

次々に下城してゆく同僚たちに、どうされた、と声をかけられたが、義兄上《あにうえ》を待っております、と太左衛門は答えた。

誰一人として太左衛門の言葉に疑いを持つことなく、一礼して内桜田門を通り抜けていった。

今、太左衛門と佐久右衛門の二人はそれぞれの供を連れて、番町《ばんちょう》にある屋敷に向かって歩いている。

冬の短い日は西の空から姿を消しつつあり、江戸の町は闇《やみ》がその領域を徐々に広げつつあった。冷たく吹き渡る風はときおり袖《そで》の内側に入りこみ、太左衛門の体をぶるっと震わせた。

ただし、震えが出るのは寒さのせいだけではない。今か今か、という思いが体を包みこんでいるのだ。

怖くてならない。標的が自分ではないとわかっていても、震えをとめられない。

「なんだ、本当にどうした」

佐久右衛門がのぞきこんできた。

「寒いのか」

「えっ、ええ」

「ちょっといいか」

佐久右衛門が手をのばしてきた。太左衛門の額に触れる。

「ふむ、熱はないようだな」

「さようですか」

「でも、やはりはやめにやすむことだな」

心のやさしい男だ。この義兄をこの世から除くことに、太左衛門はちくりと心の痛みを覚えた。

いや、だからといってもはやどうすることもできなかった。今にも刺客《しかく》はあらわれるかもしれないのだ。

歩き進んでゆくうちに日は完全に暮れ、夜がどっしりと居座った。

供の者が提灯に火を入れる。夜に抗するにはあまりにか弱いその明かりを目の当たりにして、太左衛門はどきどきしてきた。胸が痛いほどだ。

まだなのか。来るならはやく来てくれ。すでに祈るような気持ちになっている。

太左衛門は背後を振り返った。闇の幕がすっかりおりてきて、供の者が持つ提灯の明かりが地面やまわりの塀にかすかに届いている。うしろに続く者たちに表情はなく、地の底を歩くかのように顔がどす黒く見えた。

供の者たちの背後を太左衛門は見透かしたが、人影は一つも見えない。

どういうことなのか。まさか今日ではないのか。いや、そんなことはない。

もうじき屋敷だ。あと二町（約二百十八メートル）もない。ここまで来たのにあらわれないのは、なにか手ちがいでもあったからではないか。

手ちがいなど、今さら勘弁してもらいたかった。こんなことは二度とできない。

「どうした、うしろが気になるのか」

佐久右衛門にいわれた。

「それがし、子供の頃から北風がきらいでして、雨戸を叩《たた》いたりする音が物《もの》の怪《け》の仕業《しわざ》のような心持ちになっていました。今、その感じを思いだしたものですから」

「ほう、そうであったか。誰にも苦手なものはあるものよな」

太左衛門はごくりと唾《つば》を飲んだ。

「義兄上《あに》、姉上は元気にしていますか」

「もちろんよ。冨士乃《ふじの》もおぬしに会いたがっているぞ。今宵《こよい》は無理だろうが、近々顔を見せてやってくれ」

「承知いたしました」

おそらく、今夜会うことになるはずなのだが。

「それにしても腹が減ったのう」

佐久右衛門がのんびりという。

「こういう寒い日は鍋をつつきたいものだ」

「いいですね」

「わしはかしわ鍋が好きでな。今宵、台所の者がつくってくれているとよいのだが」

仮につくっているとしても、この男が食することは決してない。

「それがしも好物ですよ」

まだか。あと一町（約百九メートル）ほどしかない。

「鍋をつつきつつ飲む酒もいいよな。あれはまさに至福ぞ」

太左衛門も酒は好きだ。ほかほかと湯気をあげる鍋を前に一杯、という光景が眼前にあらわれて、喉が鳴った。

いや、今はそんなことを考えている場合ではない。

くそっ。まだか。屋敷まであと半町（約五四・五メートル）。

ここまで来てまだあらわれないということは、やはりなにかあったのだ。

いったいどうして。またやり直さなければならぬのか。

太左衛門は思わず唇を嚙んでいた。

うぐ。いきなり横からしぼりだすような声がきこえた。

なんだ。見ると、佐久右衛門がぐらりと体を揺らしたところだった。

「どうされました」

本当になにが起きたのかわからなかった。倒れこもうとする義兄を、太左衛門は支えようとした。

生あたたかいものが手に触れ、それが血であることに気づく。

うおっ。思わず声が出ていた。

「――思い知ったか」

闇のなかから叫び声が届いた。

太左衛門はそちらに顔を向けた。その途端、佐久右衛門の体が手をすり抜け、地響きを立てて地面に倒れた。

「何者っ」

喉の奥から声をほとばしらせながら、なにがあったのか、太左衛門はようやく理解した。

約束通り、男はあらわれたのだ。

四

勘兵衛たちが下城しようとしているところに急報が飛びこんできた。

番町で使番が斬《き》られ、絶命したというのだ。

勘兵衛と修馬は麟蔵に命じられ、すぐさま惨劇の場に向かった。四名の徒目付づきの小者《こもの》がうしろについてくる。

表《おもて》六番町通の切通《きりどおし》に近いあたりということだ。となると、市谷門《いちがやもん》からさほど遠くないということになる。

「このあたりだな」

修馬が提灯をより高く掲げる。

「あそこだな」

勘兵衛は指さした。一町ほど先に提灯がいくつか灯《とも》っている。人垣ができているのも見える。どうやら、つとめ帰りの旗本たちが野次馬となっているようだ。

近づくにつれ、殺された者の家族や一族の者たちが集まってきているらしいのがわかった。

「通してくだされ」

修馬がいい、身分を告げる。徒目付という響きにはやはり絶大なものがあり、おう、というどよめきとともに人垣が二つに割れた。

勘兵衛の目に飛びこんできたのは、地面にうつぶせた死骸《しがい》だった。

おびただしい血が流れ、体の脇に血だまりをつくっている。提灯の灯《ひ》に淡く照らされた血のかたまりは、泥のように黒っぽかった。

袈裟《けさ》に斬られたようだが、その傷のすさまじさが、まだ目の当たりにしていないにもかかわらず、勘兵衛には見えるようだった。まちがいなく、とんでもない遣い手の仕業だ。傷をこの目で見たかったが、検死医師が来るまで死骸は動かせない。

修馬がかがみこみ、死骸の顔をじっと見た。

「四十くらいか。まだそんな歳《とし》ではないな」

修馬が顔をあげ、小者の一人に目を向けた。

「検死医師は呼んであるのだな」

「はい、じきお見えになると思います」

「そうか。――だが死因は明白だな」

勘兵衛は死骸の体に手のひらを当てた。まだあたたかかった。はっきりとはしないが、斬られてから四半刻《しはんとき》（約三十分）はたっていないだろう。

今から番町中に網を張っても、おそすぎる。下手人はすでに番町から出ているはずだ。

修馬が立ちあがる。

「通報したのはどなたかな」

一人の侍が進み出てきた。

「それがしです」

かなりの長身だがやせているというわけではなく、むしろ筋骨は盛りあがり、剣術の修行に相当打ちこんだのでは、と思わせる体つきだ。ただ、すでに稽古《けいこ》はほとんどやっていないようで、頰がふっくらとしてきている。腹も少し出ていた。

勘兵衛は、先ほどからこの男が、はやく遺骸を引き取らせてほしい、と息巻いている家族や一族の者たちを押さえているのを知っていた。

「お名は」

修馬がたずねた。

「佐野太左衛門と申します。こちらは――」

死骸に目を当てる。

「それがしの義兄です。喜多川佐久右衛門どのです」

「では、義理のご兄弟ですか。佐野どのの姉が喜多川どのの奥方、ですか」

修馬は、太左衛門を人垣から離れたところに連れていった。勘兵衛は小者たちに、誰も近づかせないように命じてから、修馬のそばに歩み寄った。

「いったいなにがあったのです」

修馬がいうと、はい、と首をうなずかせて太左衛門が語りだした。

「なるほど」

きき終えて修馬が顎を上下させた。

「ともに下城していたら、いきなり喜多川どのが斬りつけられたというのですね」

「さようです」

太左衛門が息を飲むように答えた。夜目にも顔色が真っ青だ。

「それがつい四半刻ほど前、ですね」

「はい」

「下手人が、思い知ったか、といったというのはまちがいありませぬか」

「はい、まちがいありませぬ」

修馬が問いを続ける。

となると、うらみ以外のなにものでもないだろう。

「下手人に心当たりは」

太左衛門が眉《まゆ》をひそめた。そうすると、端整な顔になることに勘兵衛は気づいた。

太左衛門はしばらく考えにふけっていた。

修馬はせかすような真似《まね》はしなかった。ただ黙って、太左衛門が口をひらくのを待った。

やがて太左衛門が顔をすっとあげた。その顔には決意がみなぎっているように見えた。

「心当たりというより、それがし、顔を見ました」

「えっ、まことですか」

「はい。闇のなかに浮かんだあの顔は誰だったのか、これまでずっと考え続けていましたが、今ようやくさとりました」

「誰なのです」

修馬が鋭く問う。

「魚田千之丞という人です」

「何者です」

「今は小普請組《こぶしんぐみ》です」

小普請というのは、三千石《ごく》以下の旗本、御家人のうちで無役の者をいう。

「今は、というと以前はなにか役についていたということですか」

「はい、使番でした」

「では、喜多川どのの元同僚ということですね。その魚田どのですが、喜多川どのにうらみを抱いていたのですか」

「はい、そうきいています」

「どんなうらみです」

太左衛門が乾いた唇をなめる。

「酒癖の悪さが理由でした。魚田どのは、よくふつか酔いで出仕していたようです。それだけでなくつとめの最中、竹筒に酒を入れて昼休みに飲んでいたこともあったようなのです」

太左衛門が少し間を置く。この寒いのに、汗が鬢《びん》からしたたり落ちてきた。

「あまりに目に余ったらしく、そのことを佐久右衛門どのが組頭《くみがしら》に伝えたようなのです。それがきっかけで魚田どのは使番を免じられ、小普請入りということに」

仕事の失敗で非役《ひやく》とされた、いわゆる縮尻《しくじり》小普請というやつだ。

「そのことをうらみに、こたびの儀に至ったということですか」

「讒言《ざんげん》されたと魚田どのが思いこんでいる、との噂《うわさ》をきいたことがあります」

勘兵衛、と修馬が耳打ちしてきた。その様子を、少し気味悪そうに太左衛門が見ている。

「魚田屋敷に行ってみるか」

「それしかあるまい」

修馬が太左衛門に魚田屋敷の場所をきいた。

「それがしは詳しい道は知りませぬ。ただ、どの町に越したのか、は覚えています」

「それでけっこうです」

太左衛門が町の名を教える。

「小日向のほうか」

修馬がいい、そちらの方角に目を向けたところに検死医師の仙庵《せんあん》がやってきた。

「ああ、先生」

勘兵衛は声をかけた。

「ああ、久岡どの、山内どの。おそくなって申しわけない」

うしろに控えた小者が提灯を下げ、薬箱を持っている。

「こちらですか」

仙庵が死骸の前にかがむ。小者が提灯を前にだし、仙庵の手元を照らす。

仙庵が死骸をひっくり返した。

「お二人ともうわかっておられるでしょうが、このお侍の命を奪ったのはこの大きな傷です。ほかに傷はありませんね。いや、それにしてもすさまじいですな。これだけの傷、なかなかお目にかかれるものではありませんよ」

仙庵がため息をつき、やれやれといわんばかりに首を振った。

勘兵衛はあらためて傷を見た。

左の肩に入った刀は鎖骨を切り割り、喜多川佐久右衛門の胸を斜めに切り裂いて、右の腰近くまで達していた。

予期していた以上の傷だ。とんでもない遣い手によるものだ。さすがに息をのまざるを得ない。

「おい、勘兵衛」

修馬が呆然《ぼうぜん》とした声をあげた。

「いったい何者の仕業だ。もし魚田として、こんな腕を持っているのか」

「そういうことなんだろう。これは心して訪問しなければならぬな」

仙庵からきくべきことはなかった。これで引きあげるという仙庵と小者を、勘兵衛たちは見送った。

「あの、もう遺骸を引き取ってもよろしいのですか」

太左衛門がきいてきた。

「たいへんお待たせしました。けっこうですよ」

修馬がいうと、太左衛門がまわりの者たちに合図を送った。蟻《あり》が群がるように佐久右衛門の死骸のもとに男たちが集まった。

戸板に乗せられ、筵《むしろ》をかけられた死骸が運びだされてゆく。

戸板が闇の向こうに消えたのを確かめてから、勘兵衛たちは魚田屋敷への道をたどりはじめた。

急ぎに急いで四半刻ほどで着いた。

「ここだな」

門の前に立って勘兵衛はいった。

「静かだな」

修馬がささやき、閉じられた門に耳を当てた。

「なにもきこえぬ。人はいるのかな」

「いるだろう」

勘兵衛は門を叩き、訪《おとな》いを入れた。

上空にある月が幅のある雲に隠れ、やがて押しだされるようにして再び姿を見せたとき、どちらさまでしょう、と警戒している様子の男の声がきこえた。

修馬が身分を明かし、魚田千之丞に会いたい旨を告げた。

「今あるじは不在なのですが」

「どちらに行ったのかな」

「それが……」

言葉が途切れた。

「わからぬのです」

「入れてもらえるか」

承知しました、という声のあと戸がひらいた。

勘兵衛たちは身をくぐらせた。

提灯を手に、そこに突っ立っているのは魚田屋敷の用人《ようにん》のようだ。あたりが暗いというのを除いても、ずいぶんとやつれた顔をしている。

敷石《しきいし》の向こうに、薄暗い玄関が見えている。式台の上に衝立《ついたて》がのっていた。

「魚田どのはいつから不在なんだ」

鋭い口調で修馬がきいた。

「昨夜からです」

「どこに行ったか、心当たりは」

「すべて当たりましたが……」

あの、と用人がいった。

「どういうことで、御徒目付さまがあるじを訪ねていらしたのです」

「勘兵衛」

修馬が呼びかけてきた。教えるべきかな、と目がきいている。ここはいうべきだろう、と勘兵衛は判断し、かすかなうなずきを返した。

修馬が用人に説明した。

えっ、と用人が絶句する。

「喜多川さまが斬り殺されたのですか」

わなわなと唇を震わせる。

「魚田どのは、喜多川佐久右衛門どのにうらみを抱いていたそうだな」

「いえ、そのようなことは決して」

「あるじをかばいたい気持ちはわかる。だが、ここは本当のことを話してくれ」

修馬が真摯《しんし》にいう。その気持ちは、用人に伝わったようだ。

「うらみを抱いていたのだろう」

「はい、それは確かだと。だからと申して、あるじは斬り殺すような真似は決していたさぬものと」

「確信がある口ぶりだな」

「はい。使番はお役御免となりましたが、あるじは今一度返り咲けることを夢見て、酒を断っていましたから」

「ほう、酒をな」

「はい。お役を取りあげられてはや半年、もし喜多川さまに対して復讐《ふくしゅう》の気持ちがあるのなら、酒を断つなどということは決してしなかったものと」

「なるほど」

修馬は顎を深く引いてみせたが、すぐに瞳を光らせた。

「魚田どのだが、剣の腕は立ったか」

「は、はい。燕飛《えんぴ》流の免許皆伝《かいでん》でした」

「えんぴ流だと」

用人はどんな字を当てるか教えた。

「その燕飛流だが、必殺の太刀《たち》はあるのか」

これは勘兵衛がきいた。

「いえ、そのようなものはきいたことはございませぬ。ただ太刀打ちのはやさのみを追い求めるということで、袈裟斬りに重きを置いた剣であると、以前あるじよりうかがったことがあります」

「そうか、袈裟斬りをな」

勘兵衛は、佐久右衛門の死骸の傷を思いだした。

だからといって、魚田が下手人に決まったわけではない。袈裟斬りは剣の基本中の基本で、太刀打ちのはやさを追い求めるというのも、どこの道場でも同じだろう。

「お客さまですか」

不意に横合いから女の声がした。玄関に人影が立っている。その影が近づいてきた。

小腰をかがめた用人が、勘兵衛たちの身分を告げる。

「御徒目付さまですか」

間近に来て、女が眉を剃っているのがわかった。鬢のあたりに白髪がまじっている。

女は魚田千之丞の妻で、名は君江といった。勘兵衛たちは名乗り返した。

「それで、どういう御用向きでしょう」

修馬が、喜多川佐久右衛門が殺された一件でやってきたことを伝えた。

「喜多川さまが――」

君江が言葉を失った。

「魚田どのは不在とのことですが、どちらにいらしたか、ご内儀《ないぎ》はご存じありませぬか」

「昨夜から総出で捜しているのです。でも見つかりませぬ」

君江がなにかを思いだしたような顔をする。

「こちらにいらしていただけますか」

玄関のほうにいざなう。

勘兵衛たちは玄関脇の客座敷に入れられた。

長脇差《ながわきざし》を畳に置き、二人して正座して待っていると、君江が戻ってきた。

「これをご覧になっていただけますか」

差しだしてきたのは一通の文だ。

修馬が受け取り、目を落とした。すぐに勘兵衛も読んだ。

「これは魚田どのの手跡《しゅせき》ですか」

君江を見つめて修馬がきいた。

「はい、まちがいございませぬ長年連れ添ってきて、それはわかります」

文には、しばらくのあいだ帰らぬ、組頭には内密に頼む、というようなことが記されていた。

「これはどこにあったのです」

「主人の文机の引出しのなかに。昨日、会所に碁を打ちに出かけ、そのあと行方が知れなくなったのです。なにか手がかりはないか、と主人の部屋に入ったところ、見つかりました」

「魚田どのは碁が趣味ですか」

「はい、とても好きです。ここしばらく会所から遠ざかっていましたが、昨日は久しぶりに出かけました」

「どうして遠ざかっていたのです」

「あの、主人が使番だったことはご存じですか」

「ええ、きいています」

「さようですか」

君江が少しうなだれるようにした。

「やはり、お役御免になったことが響いていたようです。碁など打っているときではないと」

「それが昨日はなにゆえ」

「ずっと打ちたかったのでしょう。ついに我慢が切れたということのようでした」

修馬が一つ間を置いた。

「ここ最近、魚田どのの様子はどうでした。なにか変わったところはありませんでしたか」

「いえ、気づきませんでした。気がふさいでいたのは紛れもない事実ですが」

君江は唇を嚙み締めるようにしていたが、すっと顔をあげた。

「あの、主人が喜多川さまを手にかけたのでしょうか」

「ご内儀から見て、命を奪うまでのうらみがあったと思いますか」

君江は眉根を寄せた。そうすると眉間《みけん》にしわができ、やや老けて見えた。

君江はただ一言いった。

「主人が人を殺《あや》めるとは思えませぬ」

五

喜多川屋敷のことが気になり、勘兵衛と修馬は番町に戻ってきた。

勘兵衛には気がかりが一つあった。

「なんだ、勘兵衛、むずかしい顔をしているではないか」

あと二町ほどで喜多川屋敷というところまで来たとき、修馬がいった。

「心配ごとでもあるのか」

「まあな」

「当ててやろうか。喜多川家の者たちが、仇討《あだうち》しようとするのでは、と考えているんだろ。――だが勘兵衛、こういう場合、仇討をとめられるのか」

「無理だろうな」

喜多川屋敷に着いた。

門はあけ放たれ、なかは明々といくつもの提灯が灯されていた。だがその明るさにつやは感じられず、どこか通夜でも行われているように思えた。

庭に大勢の男たちが集まっている。十五名はいるだろう。いずれも襷《たすき》がけをし、鉢《はち》巻《まき》をしている。提灯の光に当てられた目は血走り、全身を殺気立たせていた。

「勘兵衛、もうやる気になっているな」

「そのようだ」

勘兵衛と修馬は近づいていった。

男たちのなかに、佐野太左衛門がいる。

「佐野どの」

勘兵衛はうしろ姿に呼びかけた。

太左衛門が振り向く。太左衛門は襷も鉢巻もしていない。

「これから魚田屋敷に向かうのですか」

「それがしはとめているところです。仇討をしたい気持ちはわかりますが、仇討願もださずでは私闘とみなされますし」

「いや、別にそういうことではないのです。仇討願をだすのは人にまかせ、仇を討つ者はただちに追いかけてもかまわぬのです。ただし、魚田屋敷に千之丞どのはいません」

「逃げたのですか」

「昨日から姿が見えぬ、とのことでした」

「どこに行ったのです。心当たりは」

「それはこれからです」

男たちが、行くぞ、と声を張りあげた。太左衛門が男たちに向き直り、男たちよりもっと大きな声をあげた。

「今、魚田千之丞は屋敷におらぬ。行ったところで無駄足になる。まず今宵はやすみ、英気を養うのがよかろう」

男たちは不満顔だ。

「仇討願が受理されてから動いたところでおそくはない。それにこんなに暗くては、魚田千之丞の行方を捜すこともできぬ。屋敷におらぬのを、どうやって捜す。心当たりはあるのか」

太左衛門が説いたことで、男たちはしぶしぶ納得した。散ってゆく。

口をはさむことではなく、勘兵衛と修馬はそのあいだずっと黙っていた。

男たちの姿が消えるのを見届けた太左衛門が、ほっと息をついて勘兵衛たちに顔を向けた。額に浮かんだ汗を手の甲でふく。

「よかったですね」

勘兵衛がいうと、太左衛門が白い歯をかすかに見せた。

「今のところは、ですが。明日からは、またきっとたいへんでしょう」

「ところで、喜多川家に跡取りは」

「男子が三人おります。一番上が十八、次が十七、一番下が十四です。家督《かとく》は一番上が継ぐことになりましょう」

太左衛門が眉をひそめる。

「しかしこういった場合、仇を討たぬと家督を継げぬということはないのでしょうか」

「それはないでしょう」

勘兵衛は言下にいいきったが、ただし親の仇も討たずにのうのうと暮らしおって、と陰口を叩かれるのは見えている。これは、侍として苦痛以外のなにものでもない。

「仇を討たずにはすまされぬでしょうね。武門としての意地がありますし」

太左衛門がつぶやくようにいう。

「では、これにて失礼します。明朝、仇討願はだすようにします」

頭をていねいに下げて、その場を離れていった。


太左衛門は喜多川屋敷の玄関を入り、式台にあがった。

廊下を進み、奥の間に向かう。

廊下を突き当たった左手の襖があけ放たれている。その部屋の中央に布団が敷かれ、喜多川佐久右衛門の遺骸が横たわっていた。線香が立てられ、部屋のなかはうっすらと煙っている。

その前に三人のせがれがいる。正座し、背筋を張っている。眼差しは父親にまっすぐ向けられていた。

「叔父上《おじうえ》」

兄弟の横に太左衛門が座ると、嫡男の秀之介《ひでのすけ》が顔を動かしてきた。

「それがし、明日早朝、仇を追います」

強い決意を感じさせる口調だ。

「そうか」

「父上の無念を晴らせるのは、それがししかおりませんから」

「兄上だけではありませぬ」

きっとした目を向けてきたのは、次男の源之介《げんのすけ》だ。いかにもきかん気の顔をしている。

「それがしだって、父の仇を討ちたい気持ちは変わりませぬ。同道します」

「本当か、源之介、一緒に行ってくれるか」

秀之介が心強そうにいう。

「もちろんです」

この二人は、通っている仲尾《なかお》道場でもかなりの俊秀とされている。剣の筋は相当のものといっていい。自分などくらべものにならないのは確かだろうな、と太左衛門は思った。

「しかしやれるか」

太左衛門は疑問を呈した。

「義兄上の傷を見ただろう。魚田千之丞は凄腕《すごうで》といっていい。二人そろって返り討ちにされるかもしれぬぞ」

「返り討ちなどされませぬ。この手できっと討ち取ってやります」

秀之介が瞳に力をこめていった。

「兄上のいう通りです。二人一緒にかかれば、魚田千之丞など敵ではありませぬ。問題はただ一つ――」

「なんだ」

「やつの居どころだけです」

「そうだな。それを捜しだすのが一番厄介《やっかい》かもしれぬ」

「叔父上」

やや甲高い声で呼びかけてきたのは、一番下の勝之介《かつのすけ》だ。

「それがしも行きます」

「駄目だ」

そういったのは跡継の秀之介だ。

「おまえはまだ元服前ではないか。それに、剣だってまだまだだ」

「それはよくわかっています。しかし、それがしも父上の無念を晴らしたいのです」

「ならぬ」

これは源之介だった。

「おまえなど足手まといだ。なにもできぬ。ここでおとなしく我らの帰りを待っておれ」

源之介は父親に似てやさしい。わざときつい言葉を放っているのだ。

そのことはわかっているのかもしれないが、勝之介が悔しそうに拳《こぶし》をかためた。見るうちに目から涙があふれてくる。

太左衛門は見ていられなくなった。

「叔父上、お願いします。連れていってくれるよう、二人にお願いしていただけませんか」

震える声でいって、深々と頭を下げてきた。そのけなげさに太左衛門は胸を打たれた。

「勝之介の気持ちはわからぬでもない。もしわしが勝之介の立場だったら、同じことを願うだろうからな」

太左衛門は腕をのばし、勝之介の肩を軽く叩いた。本当は抱き締めたいくらいだった。

「だが、ここは二人にまかせたほうがよい。おまえの気持ちを、この二人はよくわかってくれている。きっとおまえの代わりに本懐を遂げよう。おまえは二人のおらぬあいだ屋敷を守るのだ」

そういわれても勝之介は不服そうだった。豊かな頰を一杯にふくらませている。

そんなところにもまだ子供であるのが強くあらわれていて、太左衛門はかわいくてならなかった。

「母上はどうした」

太左衛門は勝之介にきいた。

「先ほどまでそちらにいらっしゃいましたが……」

勝之介が指さしたのは、佐久右衛門の枕元《まくらもと》だ。

「ご自分のお部屋にいらっしゃるのではないですか」

そういったのは秀之介である。

「母上は大丈夫か」

「はい、大丈夫と思いますが……いえ、だいぶ憔悴《しょうすい》されています」

「そうか。それなら、わしが慰《なぐさ》めるとしようか」

太左衛門は立ちあがり、廊下に出た。実の姉だけに、部屋がどこかは知っている。

「姉上」

襖越しに声をかける。北側にあるあまり日当たりのよくない部屋で、今はさらに寒々しい気配が漂っているように感じられた。

「太左衛門どのですか。入ってください」

太左衛門は襖をあけ、敷居を越えた。うながされるままに腰をおろす。

「大丈夫ですか」

太左衛門は低い声でただした。姉は青い顔をしている。

冨士乃が目をあげる。くっきりとつややかな瞳をしている。これは幼い頃から変わらない。それでも、さすがにやつれが感じられた。

「太左衛門どの、夫を殺したのは魚田さまなのですか」

「ええ、まちがいありませぬ」

「そうですか。仇は討てるでしょうか」

「きっと討てましょう」

「三人の子に、なにかあるということはありませぬか」

「仇討ですからなにがあるかわかりませぬが、おそらく大丈夫でしょう」

「一緒に行っていただけますか」

「はなからそのつもりです」

「ありがとう」

「かわいい甥《おい》たちのためです。当然のことですよ」

太左衛門がいったとき、冨士乃の目にちらりと微妙な色が宿った。

それに気づかない顔で、太左衛門は立ちあがった。襖をあけ、廊下に出る。

暗い廊下を歩きながら、また死人が出るのか、と考えたら、ため息が出た。

しかしもうはじめてしまったことだ。あと戻りはできない。

それでも太左衛門は立ち尽くし、しばらくのあいだ瞑目《めいもく》せざるを得なかった。


早朝から勘兵衛たちは動きまわり、魚田千之丞の行方を追った。

先に捜しだし、本当に喜多川佐久右衛門を殺害したのか、確かめなければならない。

だが見つからない。もしかすると、もはや府内にはいないのかもしれない。

人を殺した者というのは、たいてい他領に逃げこむのがふつうだ。幕府の役人が大《だい》名《みよう》領に踏みこむわけにはいかないからだ。

となると、勘兵衛たちの出番はすでに失われたといっていいのかもしれない。

仇討が公《おおやけ》に許されているのは、逃亡した下手人をとらえることのできない公儀の力不足を暗に認めているからだろうか。下手人の仕置は、仇討にまかせてしまえばいい、と。

だからといって、勘兵衛たちは探索の手をゆるめることはできない。

午後になり、魚田千之丞の行方はあとまわしにすることにした。なにもつかめないのは、覚悟していることとはいえ、さすがに疲れるだけだ。

勘兵衛と修馬は、殺された喜多川佐久右衛門の周辺を調べてみた。千之丞以外にうらみを抱いていた者がいないかどうか。

だが、そのような者は一人もいなかった。佐久右衛門が曲がったことがきらいな性格であったのはまちがいないようで、千之丞のことを組頭に告げたのも事実ではあったが、もともとは温厚なたちで、人に好かれていた。同僚たちの受けもよかった。

誰もが佐久右衛門の急な死を心から悼み、悲しんでいた。

「しかし勘兵衛」

途中、蕎麦切り《そばき》でおそい昼食にしたとき、修馬がいった。

「これは見合いどころではなくなったな」

勘兵衛はあまりうまくない蕎麦切りをすすりあげた。

「これで、早苗どのがよその男に取られるのはまずまちがいなかろうな」

「なんだと」

修馬が蕎麦切りを噴きだしそうになる。

「勘兵衛、まことか」

顔色が変わっている。

「おぬし、この前、そういうふうになるのならそれだけの縁でしかなかったということだ、とかいったではないか」

「確かに申したが、あとでよくよく考えたんだ。早苗どのは、美音どのの従妹で美音どのに似ているんだよな。これは、とんでもない美形ということではないか。しかも美音どのが推しているのなら、気立てもまちがいなくいい。これは逃すわけにはいかぬではないか、勘兵衛」

「修馬、お美枝どののことはどうした」

「お美枝のことは今でも忘れられぬ。きっと一生忘れることはないだろう。だが、俺も独り身で通すわけにはいかぬからな。どこかで、お美枝のことは区切りをつけねば」

蕎麦切りをたいらげた修馬は、蕎麦湯をつゆでのばして飲んだ。

「あまりうまくないな。——この一件が終われば、またお美枝の事件に戻れるだろう。そうなればきっと勘兵衛がお美枝殺しの下手人を明かしてくれる、と俺は信じている」

「俺頼みか」

「むろん俺も力を貸すが、探索の力はどう見ても勘兵衛のほうが上だからな。勘兵衛の探索のやり方に俺はしたがうだけだ」

「ずいぶん持ちあげるな」

「これだけいえば、どうだ勘兵衛、やる気になっただろう」

「いわれぬでもはなからやる気さ」

勘兵衛は力強くいった。

「まかしておけ。きっとお美枝どの殺しの下手人はあげてやる」

その後、勘兵衛たちは魚田千之丞が久しぶりに行ったという碁会所を訪れた。

千之丞の相手をした四名の町人や侍の隠居から話をきくことができた。

千之丞は久しぶりといえさすがに実力者で、この四名はことごとく破られたという。

千之丞は上機嫌で帰途についたとのことだ。

四人の者は千之丞とは碁会所だけのつき合いで、千之丞が行きそうな場所に心当たりはなかった。

「しかし勘兵衛、おかしいな」

碁会所を出て、修馬が首をひねった。

「碁を終えた直後の千之丞は、とても人を斬りに行く様子ではなかったんだな」

千之丞についていた供の者も、機嫌がとてもよく、人を殺める決意を秘めていたようには見えなかった、と口にしている。

「なにか裏があるのかな」

修馬がつぶやく。勘兵衛はうなずきを返した。

「それはこれからの調べ次第だな」

六

翌日、喜多川家では佐久右衛門の葬儀が行われた。公儀に仇討願はだされ、それは受理された。

これで喜多川家の者が魚田千之丞を討っても、罪にはならない。

今日は朝から天気はあまりよくなかったが、幸いにも雨にはならず、葬儀はつつがなく進んだ。

これまで多くの者に話をきいてきたが、まだの者を見つけては勘兵衛と修馬は喜多川屋敷脇の道に連れこんだ。

しかし喜多川佐久右衛門に関しても、魚田千之丞についても、新たな事実を得ることはできなかった。

勘兵衛としては、喜多川家の動きを見るというのも葬儀にやってきた大きな理由だった。

今のところは目立った動きはないようだが、喜多川家の総力をあげて魚田千之丞の行方を捜しているのは、その殺気立った雰囲気から察することができた。

勘兵衛たちは夜まで粘った。そのあいだ、佐久右衛門の三人のせがれの顔を見ることもできた。

上の二人は兄弟らしくよく似ていたが、一番下はあまり似ていないように感じられた。しかし、そんなことはさして気にするほどではない。よくあることにすぎない。

夜の五つ（午後八時）近くまで喜多川屋敷の近くに居続けたが、結局、屋敷内に変わりはないままだった。

「勘兵衛、引きあげるか」

「そうしよう」

二人は城に向かって歩きだすしかなかった。


ようやく消えてくれたか。

二人の徒目付が去ってから、それでもしばらく待った。

およそ半刻（約一時間）後、徒目付が戻ってこないのを確信できてから、喜多川屋敷の前に利兵衛《りへえ》は立った。

小田原提灯を手に、旅姿の町人の格好をしている。

すでに喜多川家での葬儀は終わり、佐久右衛門の遺骸は菩提寺《ぼだいじ》に葬られた。明るかった大提灯の灯は落とされ、門もかたく閉じられて、屋敷の前には人々がいなくなった空虚な雰囲気が色濃く漂っている。

利兵衛はくぐり戸を叩いた。風に吹かれた木の葉が足元に巻きつく。それが別の風にさらわれて闇の向こうに消えていった頃、どちらさまですか、という男の声が門の向こうからきこえた。

どうやら用人のようだな、と利兵衛は考えた。

「利兵衛と申します。旅の者です。こちらは喜多川さまのお屋敷ですね」

「そうですが、ご用の向きは」

「あの、魚田千之丞のことでお知らせしたくまいりました」

門の向こうがあわただしい気配になったのを、利兵衛は感じた。

くぐり戸があき、用人が顔を見せた。

「今のはまことですか」

「もちろんでございますよ。でなければ、わざわざ足は運びません」

利兵衛は招じ入れられた。町人なので玄関からは入れなかったが、玄関脇の客座敷に腰を落ち着けることができた。屋敷のなかは線香のにおいが残っている。

「魚田のことでいらしたときいたが」

やってきたのは、一人の長身の男だった。そのうしろに二人の若者が続いている。三人は利兵衛の前に正座した。

「佐野太左衛門と申す。この二人は、佐久右衛門どのの子息」

利兵衛は頭を下げた。

「魚田千之丞のことで知らせたい、とのことだが」

太左衛門が切りだした。

「はい、それです」

利兵衛は深く顎を引いた。

「手前、小田原《おだわら》から江戸《えど》に出る途中、川崎宿《かわさきしゅく》で昨夜一泊したのですが、ちょっと旅籠《はたご》から宿場に飲みに行ったんです。そこで一人のお侍と知り合いまして」

「一人の侍というと」

「そのお侍は魚田千之丞と名乗りました」

「まことですか」

若者の一人が身を乗りだす。

「では、やつは今川崎宿に」

「秀之介、先走るな。同姓同名ということも考えられる」

「いや、しかし魚田千之丞などという者がこの世に二人いるとは思えませぬ」

「しかし考えられぬわけではない。ここは先をきこうではないか」

利兵衛は太左衛門にうながされ、続けた。

「魚田千之丞と名乗った侍は、かなり酔っていました。ともに飲んでいるうち、人を斬り殺して川崎宿まで逃げてきたといいました。さすがに耳を疑う思いでしたが、その相手というのを手前、ききだしたのです。喜多川佐久右衛門さまというのがわかりました」

「叔父上、まちがいありませぬ」

「魚田は殺した相手のことをなにか口にしていたかな」

太左衛門があくまでも冷静にきいてきた。

「なんでも、職場のことでいさかいがあったとか。讒言されたといっていました」

「秀之介、源之介、決まりだな」

太左衛門が二人の若者に語りかける。二人は深いうなずきを返した。

「それで利兵衛どの」

太左衛門が顔を向けてきた。

「やつはどうして川崎を選んだのか、いっていたかな」

「なんでも知り合いの百姓がいて、隠れ家を供してもらっているようなことをいっていました」

「その場所がどこかを」

「いいえ、酔っているとはいえ、さすがにそこまでは口にだしませんでした」

「さようか」

太左衛門の顔に落胆の色が刻まれた。

「でもそんなに気を落とされることはありませんよ」

「どういうことかな」

「知り合いの百姓の名をききましたから、その百姓を見つけるのはさしてむずかしくはないのではないですか」

「なるほど」

その百姓の名をきいて、太左衛門が大きく息をつく。二人の若者もうれしそうだ。

「叔父上、これで父上の無念を晴らすことができますね」

「そういうことだ」

太左衛門が利兵衛に頭を下げる。

「わざわざ知らせていただき、まことにありがたかった。礼を申す」

「いえ、あの、できましたら、あの……」

「なんでござろう」

「ここまで足を運んだのは、お礼をいわれるためではないんですよ」

「ああ、そうであろうな。これは気がつかず、失礼した」

太左衛門が懐《ふところ》から財布を取りだす。五枚の小判を抜き、懐紙に包んだ。些少《さしょう》でござるが、と利兵衛に渡した。

「ありがとうございます。まいった甲斐《かい》があったというものです」

こらえきれない喜びを抑えるために肩を一つ揺すって利兵衛は立ちあがった。用人の案内で門を出る。

くぐり戸が静かに閉められる。それを見て、利兵衛はにんまりと笑った。

「これで五両はちょろいな」

小田原提灯に火を入れる。もう二度と来ることのないはずの屋敷をあらためて眺めた。生気のない屋敷だ。死んだようにも見える。それも、もはやなんの関係もなかった。

あばよ。口のなかでいって利兵衛は小田原提灯を掲げると、人けのない暗い道を一人歩きだした。


「叔父上、今から出かけましょう」

秀之介がいう。横にいる源之介も同じ気持ちでいるのが知れた。

「夜道は危険だ。明日の早朝たとう」

「しかしそんな悠長なことをしていたら、逃げられます」

「それはなかろう」

「どうしてです」

「魚田千之丞は安心しきっている。だから今の利兵衛という男に、酒を飲んでぺらぺらしゃべったりしたのだ。そんな男が急に逃げだすはずがない。それに今から川崎に行っても、半五郎《はんごろう》という百姓を捜しだせるとはとても思えぬ。ここはしっかりと睡眠を取り、明日に備えたほうが得策だ」

七

太左衛門たちが喜多川屋敷を出たのは、朝の七つだった。

太陽はまだのぼらず、あたりは真っ暗だ。大気は冷え、かなり寒い。風はないが、底冷えしている感じで、地面から冷たさが立ちのぼってきている。

太左衛門たちは総勢で八名だ。秀之介と源之介、あとの五名は喜多川家の家臣だ。特に腕の立つ者を、秀之介が選んだ。

秀之介にはすでに跡継としての風格が備わっているように、太左衛門には見えた。

勝之介と母親である冨士乃、それに屋敷に居残る家臣や下男、下女たちが一行を見送った。

勝之介は唇を噛み、一緒に行きたそうな顔をしていた。冨士乃は勝之介の両肩に手を当てていた。勝之介が駆けだすのを怖《おそ》れているかのようだ。

順調に道のりは進み、四つ（午前十時）前に太左衛門たちは大河《たいが》の岸辺に出た。六郷《ろくごう》の渡しだ。

このあたりでは六郷川と呼ばれている多摩川《たまがわ》である。渡し賃は一人十三文。秀之介が八人分の渡し賃を払った。

ここには徳川家康《とくがわいえやす》が架《か》けたという橋があったらしいが、たび重なる大水によって何度も流され、結局、元禄《げんろく》二年（一六八九）以降は渡し舟になったときく。

舟に乗ったのは太左衛門たち八名と、あとは行商人らしい男が一人に、川崎宿に蔬菜《そさい》を売りに行くらしい百姓の夫婦連れだった。

「おぬしら」

太左衛門はその百姓の夫婦に声をかけた。

「はあ、なんでございましょう」

男のほうがにこにこしながら答える。

「半五郎という者を知らぬか」

夫婦者は顔を見合わせた。

「申しわけないですが、存じませんねえ」

「そうか。それならよい。造作をかけた」

舟からは、右手の岸に松がかたまって生えているのが見えた。川自体、あまり流れは感じられないが、船頭が力強く櫓《ろ》を漕《こ》いでいることから、見えないところでかなりの流れがあるのがわかる。

秀之介と源之介は舟に乗るのははじめてで、目を輝かせている。今、どういう状況にいるのか、しばし忘れるのも悪くはない。

「兄上、あれを見て」

源之介が上流を指さす。白帆《しらほ》を一杯に揚げた高瀬舟《たかせぶね》らしい舟が、ゆっくりと近づいてくるところだった。満載している荷は、どうやら米俵のようだ。

「兄上、あの帆の高さを見て」

「すごいな。五間《けん》（約九メートル）はあるのではないか」

高瀬舟は近づくにつれて急に大きく見え、ぶつかるのでは、と太左衛門には思えたが、船頭は悠々と櫓を操り、渡し舟を対岸に着けた。そこは川崎宿だった。

舟をおり、再び東海道《とうかいどう》を歩きだす。

川崎宿に入って半町ほど行ったところに茶店があり、太左衛門たちは外に出ている縁台に腰をおろした。

茶と団子をもらって喉の渇きを癒し、空腹をわずかに満たした。

「叔父上、半五郎を捜す手立てとしては、ききまわるしかありませんか」

秀之介がたずねる。

「そうだな、ほかに手はあるまい」

二人一組になり、手わけして捜すことにした。二刻《ふたとき》（約四時間）後、またこの茶店の前に戻ってくる取り決めをした。

太左衛門は源之介と組んで、半五郎を捜しはじめた。

だが徒労に終わった。約束の二刻を四半刻ほどすぎて茶店の前に戻った。

「おそかったじゃないですか」

秀之介は心配してくれていた。

「すまぬ、ちょっと足をのばしすぎた」

太左衛門は謝った。

「見つかったか」

「いえ」

秀之介がそのことを恥じるように下を向く。

「そうか。わしらも同じじよ」

「いろいろな村をまわったのですが、見つかりませんでした。意外にこのあたり、人が多いようですね」

「わしもそう思った。思った以上にひらけている」

これは、多摩川がすぐそばを流れていることが大きいのだろう。この大河の水運を利した、江戸とのあいだを行きかう荷の動きが盛んなのだ。

「叔父上、これからどうしますか。まだ捜しますか」

秀之介がきいてきた。顔に疲れが見える。

太左衛門は空を仰ぎ見た。太陽はまだ中天《ちゅうてん》にあるが、空には薄い雲がかかりつつあり、風はぐっと冷たくなってきている。

「捜すに決まっているでしょう、兄上」

源之介がなにをいっているんだ、という顔でいう。

太左衛門は穏やかに首を振った。

「源之介、ここで急《せ》いてもはじまらん。正直いえば、わしも疲れた。やつがこのあたりにひそんでいるのはまちがいないのだから、あわてることはない。今日ははやめに投宿して、疲れを取ろうではないか」

「しかし――」

「源之介、宿に入る前にお大師《だいし》さまにお参りに行かぬか」

「叔父上、遊山《ゆさん》で来たわけではありませぬ」

「仇討がうまくいくよう、お大師さまにお願いするのも悪くないのではないか」

「そうかもしれませぬが、近いのですか。あまり歩くのでしたら、疲れを取ることになりませぬ」

「案ずるな。すぐそばだ」

多摩川沿いの大師道《だいしみち》と呼ばれる道を半里（約二キロメートル）ほど行ったところに、川崎大師はある。多くの参拝客で、大師道は混《こ》んでいた。

山門を入るといきなり見えてきたのは、本堂の巨大な屋根だ。屋根の高さは軽く十間

（約十八メートル）はあるだろう。

本堂の前に進み、賽銭《さいせん》を賽銭箱に投げこんで手を合わせた。

その後、川崎宿に戻り、一軒の旅籠を今宵の宿とした。部屋は二階に二つ取った。隣の間に五名の家臣たちだ。

風呂に浸《つ》かり、そのあと夕餉《ゆうげ》となった。さすがに腹が減っていると見えて、秀之介と源之介はたくさん食べた。

仇討に来ていることを忘れたかのようなその若者らしい食べっぷりに、太左衛門は見とれた。

いや、二人を見つめてしまったのはそれだけが理由ではない。

「どうかされましたか」

秀之介が箸をとめてきく。

「いや、よく食べるな、と思ってな」

夜の五つすぎに、太左衛門たちは布団に横になった。

太左衛門の耳に、秀之介と源之介が立てるかすかないびきが届いた。このままなにもなければ、朝までぐっすりなのだろう。

よいのか。太左衛門は自問した。やるしかない。もうここまで来てしまったのだ。

眠れなかった。いつ来るのか。それればかりが気になった。この前の佐久右衛門のときと同じだった。

もうそこまで迫ってきているのではないか。風が吹いて雨戸ががたがたと鳴るのにもびくりとしたし、みしりと外の廊下が小さく音を立てるのにもどきりとした。

それでも、少しは眠っていたようだ。

はっとして目が覚めたのは、障子があいたような気がしたからだ。

小柄な影が入ってきた。太左衛門はぎょっとし、体を起こしそうになった。

しかし起きるわけにはいかない。ここは黙っているしかないのだ。

やつなのか。ただの盗っ人ということはないのか。

いや、まちがいない。やつだ。

影は腰に脇差を差している。それがすらりと抜かれた。闇にかすかに残る明かりを集めて、鈍く光る。

太左衛門は息をのんだ。自分が殺されるような心持ちになった。

いつしか息づかいが荒くなっている。それが秀之介と源之介にきこえてしまうのでは、とそのことを怖れた。

影はまず秀之介の枕元に立ち、脇差を逆手に持った。

息をのむ間もなかった。あっという間に脇差が下に向かって突きだされた。

布団を突き破ったのか、それとも肉なのか、重い音がした。わずかに、うっ、といううめき声がきこえたが、秀之介の口から発されたのはそれだけだった。

影は、源之介にも同じようにした。源之介はうめき声一つ漏らさず、あの世に旅立った。

影が、太左衛門に向かってうなずきかけてきた。

太左衛門は自分がすべきことを思いだした。

「きさま、何者っ」

がばっと布団をはねのける。影があわてたように跳びはね、障子に体当たりを食らわせる。障子は吹き飛び、向こう側に倒れてゆく。

太左衛門は刀架《とうか》から刀を取り、廊下に出た。影はすでに廊下を走り抜け、姿は見えなかった。

「出会えっ、出会えっ」

太左衛門は隣の間に叫んだ。

「魚田だ。魚田千之丞が来たぞ」

隣の間からあわただしい気配が届き、襖がひらいた。

五名の家臣たちが刀を手に出てきた。

「やつだ。やつが襲ってきた」

太左衛門はいい、倒れた障子を指した。

「若殿たちはどうされました」

太左衛門は、はじめて気づいたという表情で二人の寝床を見た。

「まさか」

秀之介の布団をどける。血が一杯だ。

「しまった……」

唇を嚙む。

「源之介さま」

一人の家臣が源之介の布団をはいだ。

「なんてことだ」

家臣が呆然という。

「やつを追えっ」

太左衛門は命じた。

「まだ遠くには逃げておらぬ」

五名の家臣とともに太左衛門は階下におりた。下には旅籠の者がいた。明かりがいくつか灯されている。

「今、賊が逃げていかなかったか」

「は、はい。そのようです」

番頭らしい男が手で示したところの戸が、破られていた。

太左衛門たちは道に出た。風が吹き渡っているだけで、道には人っ子一人いない。月が白々《しらじら》と川崎宿を照らしている。

「どこに行ったのでしょう」

途方に暮れたように家臣の一人がいう。

「隠れ家だろうな」

太左衛門は悔しげにつぶやいた。

「源之介のいう通り、今日、見つけておくべきであったか。だが、見つかるとはとても思えなかった」

家臣が顔を向けてきた。

「それよりも、どうして魚田千之丞が我らが川崎にやってきたのか、知っていたということが気になります」

「やつの策にかかったのかもしれぬ」

太左衛門は唇を噛んだ。

「どういうことです」

「昨夜のあの利兵衛という男だ」

「では、我らはおびき寄せられたということですか」

「ふつうに考えればそういうことになる」

太左衛門は五名の家臣に向き直った。

「魚田を捜しだしてくれ。わしは二人のことをしてやらねば」

はっ、と五名が散ってゆく。

太左衛門は宿に戻り、番頭にことの子細を話した。二人の若者が返り討ちにされたことをきき、番頭は心から驚いたようだが、すぐに宿場役人に届け出てくれた。

やってきた宿場役人に、仇を追っている身であることを告げた。宿場役人は、どういうことがあったのかあっさりと理解した。

「遺骸はどうされます」

宿場役人は江戸にこのまま運ぶか、こちらで茶毘《だび》に付すかをきいている。

太左衛門はしばらく考えた。二人の死骸を荷車にのせ、喜多川屋敷まで運んでも姉を悲しませるだけだろう。それに、かなりの手間だ。

「こちらで茶毘に付したいと存ずる」

「さようですか。でしたらすぐに手配します」

宿場役人が去ってゆくのを見送り、太左衛門はそっと息をついた。

これでよかったのだろうか。またもそんな思いが風のように心に渦巻く。

これでいいのだ。いいに決まっておる。自らにいいきかせて、太左衛門は深くうなずいた。

八

「おい勘兵衛、きいたか」

一日中、魚田千之丞の行方を追ってなにもつかめず、その日の日誌を勘兵衛がしたためていると、厠《かわや》に用足しに行っていた修馬が近づいてきた。

修馬の顔には、ただならなさがあらわれている。この男がこんな顔をすることは滅多にない。

修馬は勘兵衛の横に座り、真剣な表情を崩すことなく語った。

「まことか」

勘兵衛は、自分が眉根を寄せているのがはっきりとわかった。

「まことよ。この噂で城中は持ちきりだ」

「返り討ちにされたか。まだ若かったよな。十八と十七だったか……」

「若い割に遣い手ということだったが、やはり実戦はちがうのかな。布団のなかであっさりやられてしまうなど」

「佐野太左衛門どのはどうした。一緒に行かなかったのか」

「行ったそうだ。旅籠の同じ部屋で寝ていたらしい。二人が殺され、次は自分というときに気配に気づき、かろうじて難をまぬがれたということだ」

「怪我《けが》もなしか」

「らしいが、さすがにかなり落ちこんでいるという話だ」

「二人の遺骸は」

「川崎で荼毘に付したそうだ。遺骨だけが帰ってきたらしい」

勘兵衛は腕を組んだ。

「魚田は川崎にいたのか。ずいぶん近くにひそんでいたものだな」

「今も川崎かな」

「どうかな。二人を返り討ちにしておいて、同じところにいつまでもおるまい」

「そうなんだろうな」

修馬がため息をつきたげな顔をする。

「それにしても、残っているのは三男のみだ。やはり仇討旅に出るのかな」

「そうしなければ、武門として生きてゆけぬ。笑いものにされるだけだ」

「だが勘兵衛、十四だぞ」

「十四だろうがなんだろうが、武家に生まれついた以上、仇は討たなければならぬのだ」

武家だけでなく、百姓、町人たちにも仇討旅をしている者は数多いと耳にする。

「それはわかっているが、十四歳が味わうにはきつすぎる道だぞ」

それはまちがいない。苦難の連続だろう。

「勘兵衛、喜多川屋敷に行ってみぬか」

勘兵衛ははなからそのつもりでいた。麟蔵に許しを得て、二人は番町に向かった。

門は閉めきられていた。二人の葬儀がどういう形で行われるのかわからないが、沈痛な空気が外に漏れ出ているようだ。

訪いを入れる。長屋門の小窓がひらいて、用人らしい男が顔をのぞかせた。

勘兵衛たちは身分を明かし、佐野太左衛門どのがいらっしゃるのならお会いしたい、といった。

太左衛門は来ているとのことで、勘兵衛たちはなかに通された。

玄関脇の客座敷に腰を落ち着ける。すぐに太左衛門が顔を見せた。

「これは、御徒目付どの」

深く頭を下げてから正座する。

「たいへんでしたな」

修馬がねぎらいの言葉を発する。

「いえ、なにもできずに二人を殺され、恥じるしかござらぬ」

「三男は仇討旅に」

「ええ、まちがいなくそういうことになりましょう。母親がとめていますが、決意はかたいようです。それに、こうなった以上、行かせなければ仕方ありませぬ」

「魚田の居場所は」

「わかっておりませぬ。また川崎に行くつもりではいますが」

「佐野どの」

勘兵衛は呼びかけた。

「旅籠で襲ってきたのは、魚田千之丞でまちがいないのですか」

「ええ、まちがいなくあの男でした。部屋のなかは暗かったのですが、こちらも寝ていて目が闇に慣れていました。見まちがいということはありませぬ」

勘兵衛は背筋を少しのばした。

「佐野どのが魚田に気づいたのは、いつのことです」

「さすがに眠りが浅く、なんとなくいやな気配を感じたように思い、目をあけたら、眼前に黒い影が立っていたのです」

「刀を構えていたのですか」

「脇差のようでしたが、ええ、こうやって逆手に持っていました」

太左衛門がその仕草をする。

「それで声をあげたのですか」

「きさま、何者っ、と。賊は障子を蹴破《けやぶ》って、逃げていきました」

「ということは、そのときは魚田であると、まだ気づかなかったのですね」

「ええ、一瞬、物取りと思いました。まさか宿に魚田が来るとは思わなかったですし」

修馬は黙って、勘兵衛と太左衛門のやりとりを見守っている。

「顔はいつ見たのです」

「えっ」

「逆手に脇差を持ったとき、魚田の顔は見えなかったのですね。障子を蹴破ったということは、そのとき見えたのは背中だったのでしょう」

太左衛門が首をひねる。汗が頬のあたりに少しにじんできている。

「いえ、覚えていませぬ。もしかすると、やつが脇差を構えたときに見たのかもしれませぬ。あのときはなにしろ目覚めたばかりで、朦朧《もうろう》としていたものですから」

「しかし、なにゆえ魚田は佐野どのを刺さなかったのでしょうか」

「声をあげたからでしょう」

「寝起きで朦朧としていた佐野どのを殺すのはたやすかったはずです」

「そういわれればそうですね。ふむ、どうしてなんでしょう」

首をひねって太左衛門が顎をなでさする。

「それがしにはわかりませぬ。もともとそれがしは、お恥ずかしい限りですが、剣はろくに遣えませぬので、殺しても仕方がないと思ったのかもしれませぬ。それに、魚田はすでに仇討人である二人を手にかけていますから、それがしを殺しても意味はない、と思ったのかもしれませぬ」

なるほど、と勘兵衛はいった。

「佐野どのは、魚田とは親しかったのですか」

「いえ、知っているのは顔だけで、口をきいたこともありませぬ」

「魚田が、佐野どのがあまり剣を遣わぬのを知っていたというのは妙ではありませんか」

「そうでしょうか。人は意外にその手のことを知っているものでしょう。——あの、この辺でよろしいですか」

太左衛門が顔に浮いた汗をぬぐっていう。

「できれば、勝之介のそばにいてやりたいものですから」

勘兵衛たちは席を立ち、喜多川屋敷の外に出た。

「勘兵衛、なにを気にしていた」

歩きだして修馬がきいてきた。

「川崎の旅籠でのできごとさ。やはり不自然さは否めぬのではないかな、と思ってな。

遣い手の二人がなにもできずに殺され、遣い手でない男が気づいた」

「うむ、確かにな。しかし、どういうことが考えられる」

「わからぬ」

勘兵衛は立ちどまって振り返り、夜の壁の向こうに見えなくなってしまっている喜多川屋敷を眺めた。

「三男の勝之介どのは大丈夫かな」

修馬がぽつりという。

「まずかろう。遣い手の二人があっけなく殺害されたんだ」

「そうだよな。元服もまだの男が本懐を遂げるのはまず無理だろう。勘兵衛、助太刀してやったらどうだ」

「無理だ。できるわけがなかろう」

魚田がそんなに遣えるのなら、やり合ってみたいという気持ちがないわけではないが、徒目付が仇討に加担できるはずもない。

「腕利きの助太刀は、喜多川家のほうで手当てすべきだ。実際に、もうやっているはずだ」

「しかし勘兵衛、三男も返り討ちにされたら、喜多川家はどうなる」

「どこからか養子を取るしかあるまい」

「それが狙《ねら》いということは考えられぬか」

思いがけない言葉だった。

「調べてみるか」

勘兵衛と修馬は翌日、喜多川家のことを調べてみた。

喜多川家の家督の座を狙っているような者は一人もいなかった。

最も怪しいと思える佐野太左衛門にしても、子供は嫡男が一人いるのみだ。

九

外はまだ薄暗い。太陽が顔をのぞかせるまでにあと一刻《いっとき》（約二時間）はあるだろう。

勝之介は額に浮き出た汗をぬぐった。風はこの上なく冷たいというのに、体は熱い。

これから川崎に向かうというのに、足にだるさがある。もう十里（約四十キロメートル）近く歩いたような感じになっていた。

「さあ、行くか」

叔父の太左衛門が声をかけてきた。

「まいりましょう」

勝之介は腹に力をこめて答えた。声が震えるようなことは避けたかった。

腰には両刀を差している。さすがに重く感じられる。

「気をつけてね」

母は泣きそうな顔をしている。

「はい。必ず父上、兄上の仇を討ってまいります」

力強くいって勝之介は門を出た。家臣の一人がぶら提灯を持ち、先導してくれる。

家臣は八名に増えている。その上、一族から選ばれた遣い手が三人、加わっている。

まだ魚田千之丞が川崎にいるのなら、決して討ち漏らすことはないはずだ。

もしいなければどうなるか。

この先、一人で仇討旅をしなければならなくなるだろう。

一人くらい家臣はつけてもらえるかもしれないが、仇討旅というのは孤独との戦い、ともきいたことがある。
二、三年で本懐を遂げられればいいほうだろうが、五十年以上かかった例もあるという。五十年、と思ってその途方もない月日の長さに勝之介は呆然とした。
川崎には昼四つ前に着いた。

「秀之介たちと来たとき、わしはしくじりを犯した」

太左衛門が宿場内を歩きながらいった。

「遊山気分が抜けず、お大師さまにお参りしようなどといってしまった。それが二人を殺したのだとわしは思っている」

太左衛門はじっと前を向いている。その横顔が精悍《せいかん》に見え、勝之介にはとても頼りになるように感じられた。

「今回は徹底して探索し、魚田千之丞の隠れ家を見つけだすつもりだ。それまでは決して休まず、油断はせぬ。勝之介もその心づもりでいてくれ」

「承知しております」

太左衛門は前回世話になったらしい宿場役人に会い、いろいろ話をきいた。

「あれから、地理に詳しい者たちに探索をさせていました」

宿場役人がいった。

「一つ、そうではないか、と思える家が見つかりました。さっそく使いをだそうとしていたところに、佐野さまが見えたもので、ちょっとびっくりいたしましたよ」

「どこです」

勝之介は勢いこんできいた。

宿場役人が目を丸くしたが、すぐに微笑を浮かべた。

「いま案内させます。——次郎吉《じろきち》」

一人の小柄な男が呼ばれた。

「この男についていってください」

次郎吉の先導で、勝之介たちは道を進みはじめた。

歩いたのはほんの四半刻ほどでしかなかったが、すでに人里は離れ、人家などほとんどない。道も、ただ草が踏みにじられているだけのものでしかない。

あたりは林や森ばかりだ。木々が切れると草原だ。そんななか、ときおり池が顔をあらわし、その水面《みなも》の緑の濃さに勝之介はどきりとするものを覚えた。

とにかく、北のほうに歩いてきたのはわかった。丘や谷が交錯する、起伏の激しい地勢だ。こんなところに魚田が隠れているのなら、こうして地元の者の助力を仰がない限り、捜しだせるはずもない。

やがて小高い丘のふもとを大きくまわりこんだところで、次郎吉が足をとめた。

「あそこです」

指さす方向には、一軒の家が見えた。いや、家ではない。小屋のようだ。林の陰にひっそりと建っている。

「あそこに魚田千之丞が」

太左衛門が次郎吉にきく。

「その魚田という人かどうかは知りませんが、お侍が一人、住まっています」

「ほう。人相は」

「小柄で目つきが鋭いですね」

合致している、と勝之介は思った。勝之介自身、これまで魚田千之丞を目の当たりにしたことはないが、さんざん人相をきかされて、なんとなく像は描けている。

「今いるかな」

「おそらく。日中はほとんど出ることはないみたいですから」

「あの、次郎吉さん」

勝之介は呼びかけた。

「あの家は誰のものなのです」

「以前は、この近くに住む炭焼きの者がつかっていました。重吉《じゅうきち》さんという人です。その重吉さんが病で死んでからは、つかう者はいないはずです」

「空き家ですか」

勝之介は太左衛門を見あげた。

「叔父上、行きましょう」

まさか江戸をたったその日に魚田千之丞にめぐり会えるとは思っていなかった。今を逸したら、次はもうないような心持ちになっている。

「肝が据わっているな。頼もしいぞ」

太左衛門がうしろを振り返る。家臣や助太刀の者が控えていた。

「行くぞ」

全員が襷がけをし、鉢巻をつけた。袴もたくしあげ、紐《ひも》で結ぶ。

「用意はいいか」

全員がうなずきを返してきた。

「岩右衛門《いわえもん》どの、鉄次郎《てつじろう》どの、清之助《せいのすけ》どの、ではよろしくお願いいたす」

名を呼ばれた三人が前に出てきた。助太刀の者だ。

「まずこのお三方に行ってもらう。勝之介、おまえはとどめを刺せ」

「それがしが一番乗りではまずいですか」

「それはできぬ。おまえをここで失うわけにはいかぬのでな」

「でも、お三方がやられてしまうこともあるのではないですか。一族の方とはいえ、喜多川の家のことでもしそんなことになったら、それがし、申しわけが立ちませぬ」

「勝之介どの」

助太刀の一人が穏やかに笑いかけてきた。

「ありがたき心づかいですが、我らは大丈夫ですよ。やられはしませぬ。ありふれたい方ですが、大船に乗った気でいてくだされ」

勝之介はうなずくしかなかった。三人からは本物の剣士のにおいがして、気圧されるものを感じていた。

三人がうなずき合い、足を踏みだしてゆく。

勝之介は喉がからからになった。足も震えだしている。膝《ひざ》が痛い。こんなのでは歩けそうにない。

首も重くなってきた。なにか大きな石でものせられているかのようだ。

息が苦しい。目がかすんできた。ゆっくりと遠ざかってゆく三人の姿が、見えにくくなっている。抜刀した三人は、どこか霧のなかにいるように見えた。

「大丈夫か」

太左衛門の声だ。

「は、はい。大丈夫です」

かすれた声しか出なかった。

三人が林のなかに入ってゆき、小屋の扉に近寄った。

一人が扉を蹴った。二度目で扉が向こう側に倒れた。

一人ずつ小屋のなかに飛びこんでゆく。剣戟《けんげき》の音はしない。

やがて男が引きずりだされてきた。さっき勝之介にやさしい声をかけてくれた男が、こちらに来るように手招きしている。

「行こう」

太左衛門にうながされ、勝之介は歩きだした。綿でも踏んでいるかのように、足元が心許《こころもと》ない。本当に足が地面に着いているのか、目を向けて確かめる。

男は顔を殴られたようで、あざができていた。男に刀を突きつけている助太刀の三人は、さすがにほっとした色を浮かべている。三人とも、したたるほどの汗をかいていた。

「魚田千之丞ですか」

勝之介は助太刀の者たちに確かめた。

「まちがいありませぬ」

一人が深々とうなずく。

勝之介は魚田に近づいた。この男が父や兄を殺したのだ。

むっ、と顔をしかめた。魚田からは酒がにおったからだ。

朝から飲んでいたのだ。三人もの人を手にかけ、飲まずにいられない心境だったのか。

魚田はほとんど泥酔している。

「魚田千之丞」

無駄かもしれぬな、と考えつつ、勝之介は名乗りをあげた。

「父喜多川佐久右衛門、兄秀之介、源之介の仇としておぬしを討つ」

勝之介は刀を抜いた。重みに少しふらつく。

魚田の瞳が動き、ぼんやりと勝之介を見あげてきた。なにが起きているのか、わかっていないような顔だ。

「勝之介、やれるか」

太左衛門の案じ顔が視野に入る。

「やれます」

勝之介は全身に気合をこめた。一歩、二歩と近づき、刀を振りあげる。

助太刀の三人が魚田の上体を起きあがらせた。これで斬りやすくなった。

だが、さすがに刀は振りおろせない。

どうした。自らを叱咤《しった》する。人を殺すのが怖いのか。

怖いに決まっている。別の誰かの声が頭のなかに響く。

それでも侍か。

侍でも怖いものは怖い。

「代わるか」

太左衛門の声が割りこんだ。

「いえ、まかせてください」

やるぞ。自らに気合を入れた次の瞬間、勝之介は、きえー、という奇声をきいた。それが自分の喉からほとばしり出たものであると気づいたときには、刀が振りおろされていた。

なんの手応《てごた》えもなかった。はっと我に返ると、魚田千之丞が仰向《あおむ》けに倒れていた。左の肩先が切れ、そこからおびただしい血が流れはじめている。

「お見事」

助太刀の一人がいった。心から勝之介をたたえている。

「それがしはいったい……」

「見事に本懐を遂げたんだ」

太左衛門が笑みを弾《はじ》けさせている。

「勝之介、もういいぞ」

その言葉で、勝之介は刀を振りおろしたままの姿勢でいることに気づいた。

太左衛門が懐紙を渡してくれた。勝之介は刀をていねいにぬぐったが、懐紙についた血に気分の悪いものを覚えた。

とうとう人を斬ってしまった。

勝之介はため息をそっとついてから、刀を鞘《さや》におさめた。

「とどめを」

太左衛門にいわれ、勝之介は叔父を見た。

「ここに脇差を入れるんだ」

太左衛門が自らの盆の窪《くぼ》を軽く叩いた。

「作法としてやらねばならぬ」

そういえば、屋敷をたつ前に太左衛門にそんなことをいわれていたのを思いだした。

勝之介は暗澹《あんたん》たる気持ちになった。

しかし、やらなければならなかった。これが武門なのだ。

勝之介は脇差を抜き、なにも考えずに魚田千之丞の首筋に刺し入れた。肉を破り、骨に当たるいやな手応えがあった。

「見事だ」

太左衛門が魚田の髷《まげ》を切り取った。

「これが証拠になる」

大事そうに懐紙に包みこみ、懐にしまい入れた。

その後はあっという間だった。勝之介は屋敷に凱旋《がいせん》した。

母親は狂喜した。

「これであなたは跡取りです」

そうなのだ、と勝之介は思った。俺は喜多川家の家督を継ぐのだ。

魚田が飲んだくれて酔っ払っていたという幸運はあったものの、見事に仇を討ったという事実は動かせるものではない。

誰も文句をいう筋合いはない。俺は晴れて父の跡を継ぐのだ。

十

「喜多川家はこれで安泰、ということになるが、勘兵衛、相変わらず釈然とせぬ、という顔をしているな」

「まあな」

修馬がちろりを傾けてきた。勘兵衛は、すまぬな、と受けた。

二人は仕事帰りで、楽松にいた。

「行きたかったか」

「ああ、行きたかった」

仇討旅に出る勝之介たちを追って、川崎に行くことを麟蔵に願い出たが、許されなかったのだ。仇討願がだされ、受理されている以上、この仇討は正当なもので、我ら徒目付が口をはさむことではない、というのが麟蔵のいい分だった。

「だが勘兵衛、行ったからって、どうにもならなかっただろう」

「そうなのだろうが、仇討の場面をこの目で見たかった」

「ふむ、気持ちはわかる」

修馬が鍋から鮟鱇《あんこう》の身をすくった。ふうふういいながら食べる。

「魚田千之丞が酔っ払っていたというのも、都合がよすぎるよな」

「うむ。二人の手練《てだれ》を屠《ほふ》った腕の持ち主ゆえに油断があった、といういい方もできるが」

「隠れ家を動かなかった、というのもおかしいと思っているんだろ」

「それも、油断という一言で片づけられぬこともないが」

勘兵衛は首をひねった。

「修馬、喜多川佐久右衛門どのの死骸、覚えているだろう」

「あんなにすさまじい傷を受けた死骸だ、忘れられぬ」

「それなんだ。あのすさまじい傷をつけられるだけの腕の持ち主が、いくら泥酔していたからといって、まだ十四の男に討たれてしまうものかな」

「手練の助っ人が三人、勝之介どのにはついていたときいたぞ」

「手練といっても、あれだけの傷をつけられるだけの腕ではあるまい。ふつうに手練といわれる男が三人かかったところで、討つことなどおぼつかぬ」

「かもしれぬな」

修馬が酒で喉を湿す。

「となると、どういうことになるんだ」

「わからぬ」

勘兵衛の頭に浮かんでいるのは、喜多川佐久右衛門を討った者は魚田千之丞ではないのでは、という思いだが、だからといってどういう筋書きになるのか、さっぱりわからなかった。

父と兄二人が殺され、三男が家督の座についた。

狙いはこれだろうか。

酒に酔った頭で、ぼんやりと思った。だがいったい誰が。

勝之介の筋書きとは思えない。まだ十四の男がこんなことを考えるはずもない。

母親か。

だが、上の二人を殺してまでそんなことをするとは思えない。三男のことを一番かわいいと思っていても、そこまではするまい。

いや、待てよ。

もし長男、次男との血のつながりがないとしたら。唯一、三男の勝之介だけが腹を痛めた子だとしたら。

そういえば、と思いだした。勝之介だけ顔が二人の兄に似ていなかった。

「おい、修馬」

塩焼きの鮭の身を器用にほぐしていた修馬が顔をあげた。

「喜多川家の冨士乃どのだが、殺された秀之介どの、源之介どのは実の子か」

「なにをいっているんだ、勘兵衛」

杯の酒をくいっとあけた。

「そのことは調べただろうが。冨士乃どのは二十年前、佐野家から嫁《か》し、佐久右衛門どのの子を三人産んだのではないか」

「そうだったな」

すっきりとはしなかったが、勘兵衛はこれ以上考えるのをやめた。せっかくの酒や肴《さかな》がまずいものになりそうだった。


「姉上、入りますよ」

佐野太左衛門は、冨士乃の部屋に足を踏み入れた。

「お待ちしていました」

冨士乃が立ち、襖を閉める。実の弟だ、こうしたからといって妙に思う者もいないだろう。

「お座りになってください」

太左衛門はいわれるままに正座した。

「気になることがあります。それがためにお呼びしました」

太左衛門は冨士乃を見つめた。

「私の大事な人が三人も死にました。これは、あなたが仕組んだのではないですか」

「なんのことです」

「夫を殺し、秀之介、源之介までも殺したのはあなたではないか、と申しているのです」

「まさか」

冨士乃がにらみつけ、身を乗りだしてきた。女のにおいが鼻をかすめてゆく。

太左衛門は笑った。

「いったいなにをおっしゃっているのです」

「いいえ、あなたはやったのです」

「なんのために、それがしがそのような真似をしなければならぬのです」

「わかりきったこと。勝之介を喜多川家の家督につけるためでしょう」

「どうして、それがしがそんなことをしなければならぬのです」

「それは、あなたが一番よくわかっているでしょう」

「ということは、姉上もよくわかっておられるということですね」

くっ、と冨士乃が唇を噛む。

「姉上、その考えを誰かに話しましたか」

「話せるはずがありませぬ」

「賢明ですね」

太左衛門は笑いかけた。

「もし話したら、喜多川家は取り潰《つぶ》しでしょう。勝之介は命を奪われることはないでしょうが、どこかに預けということにはなりましょうな。姉上、このまま口をつぐんでいるのがよろしいですよ」

冨士乃がじっと見ている。その瞳が濡《ぬ》れているように見えた。

「それにしても姉上、あと何年かしたら、勝之介に嫁を迎えなければなりませんね。相手をよく考えておいてください」

太左衛門は姉の肩にそっと手を置いた。冨士乃が顔と身をかたくする。

「私、今でも悔いています」

「そうですか。それがしには悔いなどありませんよ」

太左衛門は立ちあがり、廊下に出た。歩きだす。

ふむ、気づかれてしまったか。

しかし、十分に考えられたことだ。

姉から漏れることはまずあるまい。

いや、あの様子ではいずれ誰かに口走ってしまうかもしれない。

口封じをするか。

いや、そこまでする必要はない。それに姉を殺せるはずもない。

口封じが必要なのは、むしろ梶山植之介ではないのか。

あんたが俺のことを裏切らなければ、なにも起きぬ。

太左衛門はそういった植之介の目を思いだし、知らず身震いした。

あの男を殺《や》るのは無理だ。殺れるだけの腕の持ち主は、この世にはまずいない。

だからこそ、噂をきいて米倉《よねくら》に頼みこんだのだ。

米倉久兵衛《きゅうべえ》のことを思いだし、太左衛門は眼前にあらわれた面影を凝視した。

あと、気になるのは徒目付衆の動きだ。今のところは、からくりに気づいている者など、一人もいないように思える。

このままなにも起きぬことを、太左衛門は祈った。祈るしかなかった。

第二章

一

こーん、と鹿威《ししおど》しが鳴った。余韻を残しつつ音が消えてゆく。

「いい音ですね」

美音がいう。

「心が落ち着くというか」

「そうだな」

勘兵衛は湯飲みを持ちあげ、茶を喫した。あち、と吐きだしそうになって必死に飲みくだす。

美音がつつましげに笑う。

「あなたさま、心ここにあらず、という感じに見えますよ」

「実際そうだからな。修馬のやつ、おそいな。来る気、なくしたかな」

気が気ではない。肝心の主役がまだ姿を見せていないのだ。

「山内さまはお受けになったのですよね。でしたら、きっといらっしゃいます」

「うん。一度約束したら、破るような男ではないからな」

勘兵衛は心を落ち着け、再び湯飲みを傾けた。今度は喉にすっとおさまった。

じき九つ（正午）になるだろう。それが約束の刻限だ。

廊下を渡る音がした。女中らしい影が障子に映り、そのうしろに三人の影が続いた。

「山内さま、いらっしゃいました」

女中が告げ、障子をあける。

勘兵衛と美音は立ちあがった。

「おう、勘兵衛、おそくなってすまなかった。ちょっと着替えに手間取った」

修馬は紋付き袴姿だ。いつもちゃんとした物を着ているが、今日はさらに折り目がしっかりしている。

「美音どの、おくれて申しわけない」

「いえ、まだ約束の刻限には間がございます」

修馬のそばにいるのは両親だ。勘兵衛たちは頭を下げ合った。

「勘兵衛、いつまでも立っているのもなんだ、座ろうではないか」

修馬にいわれ、勘兵衛たちは座敷に腰をおろした。

今日は修馬の見合いの日だった。気心が知れたところがいいだろうということで、勘兵衛は美音と相談し、楽松をその場に選んだのだ。

修馬があらためて両親の紹介をした。父親が辰太郎《しんたろう》、母親が布佐《ふさ》といった。

「こたびは不肖のせがれのためにこのような場を設けてくださり、まこと、感謝の念にたえませぬ」

辰太郎が深く辞儀する。

「いえ、どうかお顔をおあげください」

勘兵衛はあわてていった。

修馬は静かに茶を喫している。落ち着いたものだ。

自分のことではないのに勘兵衛は喉が渇いて仕方なく、美音の茶をもらった。

湯飲みを空にして美音の茶托《ちゃたく》に戻したとき、障子にまた影が映った。

「宮寺《みやでら》さま、おいでになりました」

女中が障子越しに声をかけてきた。

勘兵衛が応ずると障子があき、敷居際に立った男が会釈した。

早苗の父親の与右衛門《よえもん》だ。それに続いたのが母親の徳江《とくえ》だった。

最後に部屋に入ってきたのが早苗である。

三人は、修馬たちと相対する位置に座った。

勘兵衛はこの三人に事前に会っていたが、着飾った早苗はさらに美しかった。我知らずあんぐりと口をあけそうだ。

勘兵衛は、修馬が実際にそうしているのを見た。

「修馬、おい」

ささやきかけたが、修馬はぽうっとしていて、気づかない。

早苗は恥ずかしげに顔を伏せている。そのために修馬のそんな表情は目に入っていない様子で、そのことに勘兵衛はほっとした。

与右衛門がお決まりの文句を口にして挨拶《あいさつ》をはじめたことで、ようやく修馬は我に返り、はっと口を閉じた。

「どうだ、気に入ったか」

翌朝はやく、ほかに誰もいない詰所で勘兵衛は修馬にたずねた。

「なんのことだ」

「そんな言い草があるか。決まっているだろうが」

「早苗どのか」

修馬が吐息する。

「きれいな女《ひと》だな。予期した以上だったよ。もっと話をしたかった」

「もっとしたかったって、お互いなにも話などしておらぬではないか」

「あがってしまった」

「修馬があがるか。早苗どのもたいしたものだな」

勘兵衛は修馬の顔をのぞきこんだ。

「早苗どののことは気に入ったのだな。では、話は進めていいのだな」

「頼む」

修馬が真顔でいう。

「勘兵衛、次の非番の日、二人きりで会えるように手配りしてくれんか」

「惚《ほ》れたな」

「惚れてなどおらぬ」

「そんなことはあるまい」

「あるんだ」

修馬が強い口調でいった。

「俺は、お美枝のことにけりがつくまで他の女に惚れぬと誓ったんだ」

そういうことか。

「わかった。よし、今日からお美枝どのの事件に本腰を入れよう」

勘兵衛と修馬は麟蔵にその旨を告げ、城の外に出た。

しかし、手がかりらしいものはなにもつかめなかった。また子供たちのところに行ったりもしたが、この前と同じだった。

昼をだいぶすぎて、勘兵衛たちは飯にすることにした。

「勘兵衛、いいところがあるときいたんだが、行ってみないか」

「どこだ」

「麹町さ。多良尾《たらお》という店なんだが」

「別にかまわんが、なにを食わせてくれる店なんだ」

「楽しみにしてくれ」

連れていかれたのは、まだできて間もない店のようだった。暖簾を払うと、木の香りが濃厚にしてきた。柱や梁《はり》も煙にいぶされた感は一切なく、新しかった。

十畳ほどの座敷が一つあるだけの小さな店だ。油のいいにおいが、店内には立ちこめている。

「なんだ、これは」

勘兵衛はすぐそばの町人が食べている丼《どんぶり》をさりげなく見て、修馬にきいた。

「蛸《たこ》さ」

「たこだと」

「知らぬか。足が八本の蛸だ」

修馬が座敷にあがり、あいているところを見つけて座りこんだ。勘兵衛は向かいに腰をおろした。

「蛸は好きか」

「ああ」

「そうか。蛸みたいにでかい頭をしているが、そうか、好きなのか」

「蛸みたいだと」

修馬はきこえなかった顔で、この店の説明をはじめた。

「新しく見えるが、これでもう三年くらいはたっているときいたな。蛸の素揚げが売りらしいんだ。天つゆみたいなものがかけられた丼しかやってない」

修馬が、茶を持ってきた小女《こおんな》に丼を二つ頼んだ。ありがとうございます、と小女が去ってゆく。

さほど待つことなく、丼がやってきた。

「うまそうだな」

修馬が箸を取り、さっそくかきこむ。勘兵衛も食べはじめた。

「ほう、勧めるだけのことはあってうまいな。ずいぶんやわらかいが、歯応《はごた》えはちゃんとある。身の甘さがいいな」

「つゆもこくがあってうまい。甘からず辛からずといったところだな。この素揚げとよく合っている」

二人はがつがつとすぐにたいらげた。

「ああ、うまかった。いい店だ」

勘兵衛は茶を飲んだ。口のなかに残った油が洗い流されてゆく。

「修馬、誰からこの店のことをきいたんだ」

「元造《げんぞう》だ」

元造というのは、修馬がまだ部屋住《へやず》みだった頃、用心棒をしていたやくざの親分だ。修馬は一家の家に住みこみ、賭場《とば》の用心棒を主にしていた。出入りに出るなどして、相当の活躍を見せていたのだ。

「元造とつき合いがまだあるのか」

「それはそうさ」

修馬が表情に影を落とす。

「なんだ、どうした。お由梨《ゆり》どののことか」

「ああ」

お由梨というのは元造の娘だ。勘兵衛はまだ一度しか会っていないが、やくざ一家に育ったとは思えないほど、か弱げな娘だった。

心を病んでいるのか、はじめて会ったときはろくに話もできなかった。寝たきりも同然らしく、たまに起きても人に告げず外をさまようこともあったようだ。

「あの様子だからな。気になる」

修馬が目をあげた。

「勘兵衛、そのうち行ってみてもいいか」

「そりゃかまわぬが」

「やっぱり俺のせいであんなふうになってしまったんじゃないかって、最近、そんな気がしてきたのだ」

「修馬のせいって、お由梨どのが修馬に惚れている、ということか」

「そうだ。ずっと一緒に住んでいた俺がいなくなって、そのためにあんなふうになってしまったのでは、と思えるようになってきたんだ」

修馬の勘ちがい、ということでもなさそうだ。おとなしそうな娘だったが、それゆえに逆に思いこんだら、というのは十分にあり得た。

二

懐に三百両もの金がある。小判の包み金が十二ケ。大事に風呂敷《ふろしき》で包んであった。

梶山植之介は、その重みを確かめるように風呂敷の上から触れた。

ずっしりとした感触がうれしくてならない。これなら、当分食うのには困らない。

いや、そんなさもしいことを考えるな。今日はとことん飲んで遊んでやる。

植之介は内藤新宿《ないとうしんじゆく》にやってきた。ここには多くの女郎宿《じよろうやど》があるし、飲み屋もそろっている。最初は旅人目当てだったのだろうが、今は近くから飲みに来たり、遊びに来たりする者のほうが多いという話をきいている。

植之介は、ふつうの店よりつくりが立派に思える、一軒の煮売り酒屋の暖簾を払った。まだ昼の八つ（午後二時）すぎだが、店は混んでいた。ということは、いい店なのだ。

「お一人ですか」

寄ってきた小女ににこやかにきかれた。

「ああ」

「では、こちらにどうぞ」

座敷の隅のほうに案内された。ていねいに間仕切りを立ててくれる。

冷や酒と肴を適当に頼んだ。

すぐに酒も肴も運ばれてきた。酒は枡《ます》だ。

手に取ると、喉が鳴った。考えてみれば、ずいぶんと久しぶりだ。

植之介はそっと口につけた。枡を傾ける。甘い香りが口中にあふれ、それが鼻のほうに抜けてきた。

うまい。体の奥底から身震いが出る感じだ。

あまりのうまさに一気に枡を干した。二杯目をもらう。

肴はわかめの味噌和《みそあ》えに湯豆腐、塩鮭《しおざけ》の焼き物、大根の漬物だ。いずれもなかなか美味だった。

肴を食べ尽くしたあとは、ひたすら酒だけを飲んだ。しかし、飲みすぎないように注意する。

酒に自信はあるが、酔わないということは決してない。以前、酔っ払ったときやくざ者五人と乱闘して、さんざんに叩きのめされた。あんな経験はこれまでしたことがない。

あのやくざ者どもめ、と植之介は思った。今度会ったら、ただではおかぬ。

存分に酒を堪能《たんのう》した植之介は勘定を払い、外に出た。ありがとうございました、という声が背中に注がれる。

少し暗くなっていた。太陽は町屋の屋根にかかるところまでおりてきている。

青梅《おうめ》街道に旅人の姿は多い。まだこれから次の宿場に行こうとしているのだ。

ご苦労なこったな。

植之介は、街道から一本奥に入った女郎宿にあがった。場所のよさを売りにできるところより、こういうところのほうがいい女がいるような気がする。

そうはいっても、植之介は女の好みにうるさくはない。適当に選んだ女とさっそく一緒に部屋に入る。まだ刻限がはやいだけに、客の入りはそんなにはないようだ。

四畳半の汚い部屋だ。壁がところどころはげ落ち、天井には鼠《ねずみ》が出入りするのによさそうな穴が一つ空いている。どこかすえたようなにおいもしてきている。

女郎宿など、どこもこんなものだ。

まずは酒だった。先ほどの店で十分に飲んだとはいえ、こういうところに来ると不思議にまた飲みたくなる。

期待はしていなかったが、燗《かん》につけると意外にうまい酒だった。

女にも飲ませた。色が白く、つやっぽい目をしていたが、酒が入ると肌が桃色に染まり、瞳が潤んできた。

ちろりをあけたところで、我慢がきかなくなった植之介は女を抱き寄せ、布団に押し倒した。

四半刻後、植之介は上体を起こし、酒を飲んでいた。一度酒を取りに部屋の外に出ていった女は布団のなかにいる。そこからじっと植之介を見ている。

酒を飲みながら、植之介はどことなく落ち着かないものを感じている。

これはなんなのか。焦りみたいなものにも思える。

どうして俺が焦らなければならぬ。大金も持っているというのに。

植之介は、部屋の隅の風呂敷包みに眼差しを当てた。この女も、まさかあのなかに三百両もの金があると思うまい。

ぐいっと杯を傾けた。とろりとしたものが口にあふれる。

しかしうまさはあまり感じない。

どういうことだ。さっきまではあんなにうまかったのに。

不意に脳裏をよぎったものがあった。

異様にでかい頭。そうだ、あいつだ。

俺はまだやつに借りを返していない。それなのに、のんびりとこんなことをしているから、体のなかの何者かが怒っているのだ。

やつを殺さなければならぬ。でなければ、俺は一生、こんな思いとつき合っていかねばならなくなる。

これまでやつの姿は三度ばかり見かけた。うち二度は、米倉久兵衛の警護役をつとめていたときだ。

三度目は見かけたというものではない。やつの帰りの刻限を見計らって、久岡屋敷のそばにいたのだ。

やつは眼差しを感じて、ひどく驚いていた。そのときも殺したくてならなかった。

もっとも、と植之介は思った。今の俺ではやつを屠るのは無理だろう。焦燥の思いがあるのは、このままではやつを殺《や》れないのがよくわかっているからだ。酒を飲みかけて、植之介は杯を置いた。こうしているのは、ただときを無駄にしているような気になってきた。

植之介は立ちあがった。

「どうされました」

女があわてて起きあがる。

「帰る」

「えっ、お泊まりじゃなかったんですか」

「その分の金は払う」

その一言で女には安堵《あんど》の色が見えた。

「あの、お客さん、お名は」

植之介は名乗った。

「梶山植之介さま。また来てくださりますか」

梶山植之介か、と植之介は思った。考えてみれば、この名もちゃんちゃらおかしい。

「ああ、来よう」

「うれしい」

女が抱きつくようなそぶりを見せたが、それすらもすでにうっとうしく、植之介は風呂敷包みを手にすると、さっさと部屋を出た。

勘定をすませ、宿の暖簾を外に払う。途端に、闇の向こうから吹きつけてきた寒風に包まれた。

「あの、お客さま」

うしろから声がかかる。植之介は振り向いた。

「提灯をお貸しいたしましょうか」

植之介は厚意を素直に受け入れ、小田原提灯を掲げて道を歩きだした。

三

元造が辞儀する。

「これは山内さま、久岡さま、ようこそいらっしゃいました」

来客用の座敷に通される。刻限は四つを少しすぎており、冬にしては明るい陽射《ひざ》しが南向きの障子をやわらかく照らしていた。かすかな風に揺れる木々が、影絵となって見えている。

「それで、ご用件は」

前に正座した元造の顔には、怪訝《けげん》そうな色が浮かんでいる。

「手前どものほうで、なにか不始末でもございましたでしょうか」

「いや、そういうことはない」

修馬が笑顔で否定した。

「お由梨の見舞いに来たんだ」

「ああ、さようにございましたか」

元造がほっとする。

「それはよくいらしてくださいました。お由梨も喜びましょう」

「お由梨は前と同じか」

元造の顔を暗い影がよぎる。

「ええ、まったくよくなりません」

「そうか」

修馬が少し考える表情になった。顔をあげ、やや声をひそめていう。

「元造、お由梨なんだが、俺に惚れていたのか」

元造が驚きを顔に刻む。

「いえっ、そのようなことはございませんよ。お由梨があんなふうになってしまったのは、なにか別の理由があるにちがいありません」

必死になっていった。

「元造、嘘《うそ》をついているな。おぬし、俺のせいだってこと、わかっていたのだな」

「いえ、わかっていたということはないんです。もしかしたら、とは思っていましたが」

「どうしていわなかった」

「いえ、あの、その……」

「修馬」

勘兵衛は呼びかけた。

「おぬしのせいで娘が心の病にかかってしまったなど、元造がいえるわけがなかろう」

修馬は一瞬、考えた。

「そうだな。勘兵衛のいう通りだ。元造、すまなかった」

「いえ、謝られるようなことでは決して」

「しかし元造、弱ったな。俺はお由梨を妻にはできぬぞ」

「ええ、それはよくわかっています。娘もわかっているのでしょう。ですので、あのようになってしまっているわけでして」

「勘兵衛、うまい手立てはないか」

「あるとしたら、修馬以外に好きな男ができることだろうな」

「だが、急には無理だろう」

「それはそうだが、恋わずらいというのがわかったんだ。いずれよくなる」

「そうだな」

修馬が安堵の息をつく。

「どうする、修馬、見舞ってゆくか」

「ここまで来て、顔も見ずに帰るというわけにはいくまい」

勘兵衛たちは、二階のお由梨の部屋に向かった。

閉めきられた部屋の前に立ち、元造がなかに声をかける。

「お由梨、山内さまが来てくださったぞ。あけるよ、いいな」

「帰ってもらってください」

いきなりそんな声が届いた。

この前のようなか弱さなどない。むしろ元気になってきているのでは、と勘兵衛には思えた。おそらく修馬のことを忘れようとつとめているのではないか。

となると、病が治るのはそう遠い先のことではない。

「修馬、帰ろう」

どうすべきか迷っていた修馬が顔を向けてきた。

「今日は会わずともよかろう。そのうち笑顔で会えるようになる」

「そうだろうか」

「そうさ」

引きあげるのをためらっている修馬を勘兵衛はうながし、階段をおりた。うしろに元造が続く。

「せっかくいらしていただいたのに、本当に申しわけございません」

下におりきったとき元造が謝った。

「いや、いいんだ。気にせんでくれ」

勘兵衛は修馬の代わりにいった。

元造や子分たちの見送りを受けて、勘兵衛と修馬は一家の家をあとにした。

しばらく歩いたところで、むっ、と修馬が顔をしかめる。

「どうした」

「また目を感じた」

「修馬、振り返るな。俺が見てやる」

勘兵衛はなにげなく振り向いた。そこには元造たちが顔をそろえているだけで、妙な気配を発しているような者は見当たらなかった。

「どうだ」

修馬がゆっくりと歩を進めつつきく。

「いや、わからぬな」

勘兵衛は顔を戻した。

「前も同じようなことをいっていたよな。同じ者の眼差しか」

「そう思う」

「今も感じるのか」

「いや」

「害意はどうだ」

「正直わからぬ。勘兵衛、何者かな」

「一家の者しか考えられぬな。理由は一つかな」

「どんな理由だ」

「修馬、考えてみろ。答えはすぐに出る」

修馬は考えにふけっていた。

「お由梨に惚れている者が一家にいて、お由梨をあんなふうにしてしまった俺にうらみを抱いている、ということか」

勘兵衛はうなずいたが、一つ気づいたことがあった。

「修馬、お由梨どのがあんなふうになってしまったのは、半年くらいということだったな」

「ああ。元造が前、そのようなことをいっていたな」

修馬がはっとする。

「勘兵衛、まさかお美枝殺しはお由梨の仕業では、といっているのか」

「考えられぬわけではなかろう」

「いや、しかし……」

修馬が足をとめ、呆然とする。勘兵衛はうしろを振り返った。もう元造の家は見えなくなっている。

「あのお由梨がお美枝を殺すなど……」

思い直したように修馬はきっぱりと首を振った。

「いや、考えられぬ。お由梨は人を殺せるような娘ではない」

「修馬がそういうのなら確かなのだろう」

勘兵衛は逆らわなかった。

「お由梨どのでなくても、さっきの眼差しの主ということも考えられるぞ」

「どうして」

「お由梨どののことではなくてもなんらかのうらみをおぬしに持ち、だが、そのうらみは修馬ではなくお美枝どのに向かったということだ」

「どうして俺に向かわなかった」

「腕がちがいすぎて無理と判断した、ということもあるだろう」

再び修馬が足をとめる。真摯な表情を宿していた。

「勘兵衛、調べてみるか」

「うむ、そうしよう」

四

三十人からいる元造一家のなかで、お由梨を好きな者を見つけだすことはできなかった。

まず、実際にお由梨に恋心を抱いている男がいるかどうかもはっきりしなかった。修馬に眼差しを浴びせている者が、本当に子分かもはっきりしていないのだ。

いたとしても、自分の気持ちを巧妙に隠していることも考えられ、勘兵衛たちにその気持ちを暴きだすすべはなかった。

「わからぬな」

二日かけて元造一家のことを調べたが、結局、これという男は浮かびあがってこなかった。

「修馬、おまえ、お由梨どの以外で子分のうらみを買ったことはないのか」

勘兵衛は、これまで何度も繰り返した問いをまた発した。

すでに日は暮れかけている。明日も天気がいいのを確信させる、真っ赤な夕日が町屋の向こうに落ちてゆこうとしていた。勘兵衛たちは城に戻る前に麴町の茶店に寄り、茶を喫していた。

「ない、と思うな」

串《くし》団子にかぶりついている修馬が、これもまた同じ答えを返した。

「そんなに無造作にいうな。少しは考えろ」

「これまでさんざんきかれたんだ。寝床のなかでも考えたよ。それでもなにも思い浮かばなかったんだ」

むしゃむしゃと咀嚼《そしゃく》している。

「うまいぞ、勘兵衛も食べたらどうだ」

「ここで食べたら、夕餉が進まなくなってしまうからな」

「妻女を持つと、けっこう気をつかうものなんだなあ」

「修馬だってそうなるさ」

「なるかな」

「早苗どのがつくってくれたら、修馬だっておいしく食べてみせたいと思うだろう」

「まあ、そうだろうな」

修馬が団子を飲みこみ、茶を喫する。

「俺にうらみを持つ子分か」

首を何度もひねって考えていたが、やはり思いだせなかった。

「仕方ないな。修馬、城に戻るか」

ここは修馬が代を持った。

「すまぬな」

「なに、この前の借りだ」

「なんだ、昼飯の借りを返すのにただの茶の一杯だけか」

「よいではないか。細かいことをいうな」

「細かくはないと思うが」

その声が耳に入っていない顔で、修馬はどんどん先に進んでゆく。

詰所で今日一日の行動を記した日誌を書く。麟蔵に挨拶して、勘兵衛と修馬は詰所を出た。

「しかし勘兵衛、いったい誰がお美枝を手にかけたのかなあ」

提灯に火を入れて、修馬が歩きだす。

「俺もはやくそれは知りたい」

「どんなやつなんだろう」

修馬が夜空を見あげてつぶやく。冬の大気はどこまでも澄み、夜空にはまき散らされたように一杯の星が輝いている。

手をのばせば、その光の粒をかき集められそうな錯覚に勘兵衛はとらわれた。

「はやく顔を見たいよ、俺は。——なあ勘兵衛。元造一家の者でないとしても、意外に身近にいるなんてことはないかな」

「身近の者でお美枝さんがうらみを買っていた者など、おらぬのだよな」

「そうだ。お美枝は気立てがとてもよかったから。誰にでも好かれた」

これまでの調べでも、そういう者は一切出てきていない。

となると、やはりお美枝が殺されたのは修馬絡みのような気がしてくる。

勘兵衛と修馬はしばらく無言で歩いた。勘兵衛も提灯は持っており、二つの灯《あか》りが道の先や両脇を淡く照らしてゆく。

下城してきた武家の姿はだいぶ少なくなり、歩き進むにつれ、人けはさらになくなりつつあった。

「たまにこういう日があるよな」

修馬が不意にいった。

「そんなに刻限がおそいわけでもないのに、歩いているのが俺たちだけになるときが」

「どういう加減なのかな」

勘兵衛は修馬に笑いかけた。

「やはり徒目付ということで、避けられているのかもしれぬ。だが修馬、用心しろよ。こういうときに、修馬がまだ思いだしていない者が襲いかかってくるものだぞ」

「脅かすな」

ちょうど二人は辻に来ていた。ここを右に行くと、修馬の屋敷だ。

勘兵衛は提灯を少しあげた。

「なんだ、修馬、顔がかたいな。送っていってやろうか」

「馬鹿にするな。俺だってそこそこ遣えるんだ。それに屋敷はすぐそこだ。怖がってなどおらぬ」

「強がりだな。本当に送ってゆくぞ」

「いい。さっさと帰れ」

憤然と修馬が背を向ける。

「修馬、では明日だ」

「ああ、また明日」

手を振ってみせた。

ふっと小さく笑って勘兵衛は歩きだした。

お美枝の一件が解決し、修馬が早苗を妻にできる日が一日もはやく来ればいい、と願った。その日はそんなに遠いものではない、という確信が胸にある。

しばらく歩き進んだとき、はっとして足をとめた。今、なにかきこえなかったか。

「きさま、誰だ」

そんな声が届いた。修馬の声だ。

「どうしてこんなことをする」

切迫している。

本当に襲われているのだ。勘兵衛は提灯を投げ捨て、長脇差の鯉口《こいぐち》を切って駆けだした。

辻を左に曲がり、足をはやめる。闇のなか、二つの影が交錯しているのが見えた。

「修馬っ」

怒鳴った。

「生きているか」

「当たり前だ」

声は元気がよかった。修馬が投げ捨てた提灯はもう燃え尽きているようで、二つの影のどちらが修馬かわからなかった。

星明かりで修馬が長脇差を抜いているのがわかった。相手はほっかむりをし、匕首《あいくち》を構えている。

「怪我はないか」

「ああ、大丈夫だ。いきなりうしろから襲ってきやがったけどな」

勘兵衛は、ほっかむりの男を修馬とはさみ討ちにできる位置に立った。男が長脇差を抜いた勘兵衛を気にする。

「どうする、とらえるか」

「やれるか、勘兵衛」

「まかせとけ」

勘兵衛はすっと前に出た。男が向き直り、匕首を構え直そうとした。

勘兵衛はその前に長脇差を横に振っていた。きん、と軽い音がし、光がうしろに走ってゆく。

男の手から飛ばされた匕首は、近くの塀に当たって地面にぽとりと落ちた。

ほっかむりのなかの顔に焦りが走る。勘兵衛に背を向け、駆けだそうとした。

そういうふうに動くだろうと読んでいた勘兵衛は、男の前に立ちはだかった。

「あきらめろ」

すごみをきかせた声でいった。男はその声に刺されたかのようにがくりと肩を落とし、うなだれた。

こちらを油断させる策かもしれず、勘兵衛は長脇差を突きつけたままだ。

「修馬、とらえろ」

わかった。修馬がすばやく動き、腰に結わえつけてある捕縄《とりなわ》を手にした。

「動くなよ」

男にいってから手を縛りあげた。男はあらがわなかった。

修馬が男のほっかむりを取る。かなり若い男のように見えた。

「あれ、おまえは」

修馬はまじまじと見ている。

「知った者か」

「ああ、元造一家の者だ。名は確か……」

修馬が思いだす前に、男が吐き捨てるようにいった。

「賢吉《けんきち》だよ」

「おまえだったのか」

修馬がため息をつく。

「どうしてこんな真似を」

「わかってるんじゃねえのかい」

「馬鹿がすごむんじゃない」

勘兵衛は長脇差で賢吉という若者の頭をこつんと叩いた。刃引《はび》きだから切れるようなことはない。

「痛えよ」

「痛くない」

勘兵衛は長脇差を鞘にしまった。

「わかっているんじゃないのか、というのは、お由梨どののことか」

修馬の代わりに勘兵衛は一歩前に出て、あらためて賢吉にただした。

「そうだよ」

ふて腐れたようにいう。

「やっぱりわかってんじゃねえか」

「賢吉、なぜこんなことをした。ちゃんとした理由をきかせてもらおう」

「親しげに名なんか呼ぶんじゃねえよ」

勘兵衛は今度はげんこつで月代《さかやき》を叩いた。ごん、という音が夜に響く。月代はけっこうきれいに剃ってあり、それだけでなく身だしなみはしっかりとしていた。

賢吉が頭を抱える。

「痛えよ。――理由はわかってるんだろ」

「えらそうな口をきくんじゃない。とっとと答えろ」

賢吉がうつむく。

「この男はお嬢さんの気持ちを知っていながら、ほかの女に目を移した。それでお嬢さんはあんなになっちまった。前はふっくらして、あのやわらかな笑顔を見るだけで幸せになれたのに、今じゃああんなにやせちまって、以前の面影なんてどこを探してもありゃしねえ。お嬢さんがあんなふうになっちまったのは、この男のせいだ。おいらはそれが許せなかったんだ」

「お由梨どのがそういうふうになったのは、半年ほど前だな。それなのに賢吉、どうして今、襲ってきたんだ」

「これまでずっとやりたかったんだ。しかしその度胸がなかった……。この男、遣えるから。やっと今日、顔を目の当たりにしたことで思い切れたんだよ」

「賢吉。修馬はな、お由梨どのの気持ちに気づいていなかった」

勘兵衛がやさしくいうと、賢吉は、えっ、と目をみはった。

「嘘だ。こいつは気づいていて、お嬢さんの気持ちを踏みにじったんだ」

「そんなことはない。気づいていなかったのは本当だ」

賢吉が唇を嚙み締める。

「同じことさ。仮に気づいていたとしても、この男はお嬢さんを嫁にするつもりなどなかった」

「その通りだろう。だが、それは仕方のないことではないのか。修馬には別に好きな女がいたのだから」

「お嬢さんがやくざ者の娘だから、はなからその気なんかなかったんだ」

「そんなことはない」

これは修馬がいった。

「お由梨のことも好きだったさ。だがそれ以上に好きな人ができたということだ」

「結局はそういうことさ。あんたは、お嬢さんの心をもてあそんだんだ」

賢吉、と勘兵衛は呼びかけた。

「おまえ、お由梨どののことが好きなんだな」

「そんなことはねえよ」

「無理するな」

微笑したが、勘兵衛はすぐに厳しい顔をつくった。

「おまえ、お美枝どのを殺しておらぬだろうな」

賢吉はあんぐりと口をあけた。

「なにをいってるんだよ。どうしておいらが殺さなきゃならねえ」

「賢吉、おまえがお由梨どのの婿におさまるというのは、むずかしいだろうな」

「考えたこともねえよ」

何度も考えた顔をしている。正直な男で、勘兵衛は好感を抱いた。

「お美枝どのを殺し、大好きなお由梨どのの幸せを願ったゆえのこと、というのは決して考えられぬことではないぞ」

「冗談じゃねえ。そんなことをしてお嬢さんがこの男の嫁になれたとしても、幸せになれるわけがねえ。いくら俺が馬鹿だっていっても、そのくらいの道理はわかるぜ」

「なるほど、確かにわかっているようだ」

勘兵衛は修馬に向き直った。

「どうする、修馬。この男、引っ立てるか」

修馬が黙って捕縄をはずし、賢吉に顔を向ける。

「二度とするなよ。今度は容赦せんぞ」

賢吉は答えない。

「修馬が二度とするな、といっているんだ。賢吉、どうなんだ」

「わかったよ。二度としねえ」

「いいぞ、行け」

そういって修馬が捕縄を腰に結わえつける。

賢吉はしばしためらう風情《ふぜい》だったが、一礼するとゆっくり歩きだした。その姿は闇に溶けるように消えていった。

修馬が一つ息をついた。

「眼差しの主がわかったのは、とにかくよかったよ」

「そうだな。気がかりが一つ消えた」

「賢吉がお美枝を殺しておらぬのはまちがいないな。とすると、誰なのか」

「それは、これからの調べではっきりするさ」

「そうだな」

修馬が腹を押さえる。

「どうした」

「いや、腹が減ったな、と思ってさ」

「そんなことをいえるんだったら、もう本当に大丈夫だな」

勘兵衛は笑った。

「じゃあ、これでな」

「ああ、また明日」

勘兵衛は手をあげて歩きだした。冷たい風がほてった頬に心地よかった。

五

屋敷まであと半町というところまで来た。勘兵衛はいやな気分に襲われた。なんだ、これは。

眼差しというのではない。気配だ。近くに誰かがいる。

どこだ。提灯があればまわしたかったが、修馬のもとに駆けつけたとき、叩き捨ててしまった。

勘兵衛は長脇差の鯉口を切り、あたりの気配をうかがった。

何者かはまだそのあたりにひそんでいる。星明かりの届かない塀の下か。

勘兵衛はいつでも長脇差を引き抜ける体勢をつくり、気配が居座っていると思える場所にゆっくりと近づいていった。

近づくにつれ、心の臓の鼓動が激しくなっている。ひそんでいるのは、相当の遣い手だ。ここまで胸を圧《お》されるなど、滅多にあることではない。

さらに近づいた。ふっと闇が陽炎《かげろう》のように動いた気がした。

なんだ。目を凝らす。

気配が消えているのに気づいたのは、次の瞬間だった。何者かはその場を離れたのだ。

闇に包みこまれているとはいえ、その動きはまったく見えなかった。

背後にまわられたような気がし、勘兵衛はばっと振り向いた。

そこにはただ、折り重なったような闇の波が厚く打ち寄せてきているだけだ。

その闇の重さに勘兵衛は耐えきれなくなりそうな気がした。胸の鼓動はさらに激しいものになっている。

どこに行った。もう近くにはいないのか。

気配は感じない。しかしそれは何者かが気息を絶ったにすぎないのかもしれず、闇の向こうからじっと瞳を光らせているのではないか。

勘兵衛は動けなかった。磔刑《たっけい》にかけられたも同然だ。

くそっ。なんとか口にだしてみたら、体から力が抜けた。

体は自由に動くようになった。本当に何者かは去ったのだ。

勘兵衛は歩きだした。まだ長脇差の鯉口は切ったままだ。

屋敷に着き、くぐり戸を叩く。長屋門の小窓があき、勘兵衛はそこからのぞく目にうなずいてみせた。

「お帰りなさいませ」

くぐり戸があいた。勘兵衛はちらりと背後に目を走らせてから、身をくぐらせた。

敷石を踏んで玄関に向かう。式台には明かりが灯されている。美音がいた。

「お帰りなさいませ」

ていねいに指をそろえる。勘兵衛を見あげて、眉をひそめた。

だがなにもいわず立ちあがり、勘兵衛の長脇差を手に抱いた。

廊下を渡りながら、美音が横顔を見せた。

のだから。

心配をかけないためにとぼけても仕方ない。美音には心のうちを常に見抜かれている

「いかがされました」

「今、こんなことがあった」

部屋に入って勘兵衛は告げた。美音は黙って着替えを手伝ってくれた。

「そのようなことが……。お顔が青いのもわかります」

勘兵衛は頬を平手で叩いた。

「心当たりは」

「それがさっぱりだ」

美音がにっこりと笑う。

「いつものことですわね」

「まあ、そうだな」

「そこにいたのが何者であれ、あなたさまは大丈夫です。きっと切り抜けられます」

「そうかな」

「そうです。私がいうのですから、まちがいありませぬ」

そうかもしれない。いつもこういっては、なにかあるたび美音は元気づけてくれた。

実際、美音の言葉通り、勘兵衛は何度も危機をくぐり抜けてきている。今度も大丈夫だ、

という気になった。

「史奈《ふみな》はどうした」

勘兵衛と美音のあいだにできた愛娘《まなむすめ》だ。

「もうとっくに寝ています」

美音が隣の襖を指さす。

「顔を見てもいいかな」

「あなたさまのお子ですよ。遠慮などいりませぬ」

勘兵衛は襖をあけ、なかに入った。小さな布団のなかで、史奈は健やかな寝息を立てていた。

隣の間から入りこむ灯りで、顔はよく見えた。なにかをつかんでいるかのように、拳を握っている。

勘兵衛はその手を持ち、布団のなかに入れてやった。史奈が少し動いたが、目を覚ましはしなかった。

この子のためにも、と勘兵衛は思った。決して死ぬわけにはいかない。誰に狙われようと、勝つのは俺だという気持ちが心の奥底からわきあがってきた。

「食事の用意をいたします」

着物をたたみ終わって美音がいう。

「それとも先にお風呂になさいますか」

勘兵衛は娘の寝ている部屋を出て、襖を静かに閉じた。

「いや、飯にしよう」

「こちらでお召しあがりになりますか」

「お多喜は台所かな」

「ええ、そうです」

「だったら、そちらでもらう」

「よろしいのですか」

「片づけも手間がかからず、そのほうがよかろう」

美音はこっくりとうなずいた。勘兵衛は部屋をあとにし、台所脇の部屋に向かった。

「お多喜、飯を食わせてくれ」

勘兵衛は台所横の板敷きの間に座りこんだ。

「またこちらで召しあがるのですか」

お多喜は台所の土間で、漬物を漬けこんでいる最中だ。

勘兵衛が帰ってきたという知らせはお多喜にすでにもたらされていたようで、味噌汁もあたため直してくれていた。箱膳《はこぜん》を持って、上にあがってきた。

「お待たせしました」

勘兵衛は箱膳を見た。しじみの味噌汁、大根の漬物、それに主菜として白身の魚の焼き物がのっていた。

「この魚はなんだ」

給仕をするために横に座ったお多喜にきく。

「鱈《たら》でございますよ」

「そうか、鱈か」

勘兵衛はさっそく身をほぐし、飯と一緒に食べた。淡泊な味だが、かすかに脂がのっていて、薄い塩味とよく合う。

「うまいな、こいつは」

「さようでございましょう」

お多喜がたっぷりとした頬をゆるませる。

勘兵衛はしじみの味噌汁をずずっとやった。しじみのだしがよくきいている。

「このしじみは、安いのか」

「えっ。安いといえば安いかもしれませんけれど、相場だと思いますよ。どうしてそのようなことをおっしゃるのです」

「いや、この前、修馬から安いしじみ売りが屋敷に来ているという話をきいたんだ。それで、うちにも行ってくれるように頼んでくれるといっていたのでな、これがそうかと思ったのだが」

「いえ、うちには来ておりません。そのしじみは、古谷家の頃からつき合いのあるしじみ屋さんです。いつもいい物を持ってきてくれるので、重宝しています」

「そうか、じゃあ変える必要もないか。三割は安いのではないか、と修馬がいっていたのでな」

「それは確かに安いですね。物はいいのですか」

「修馬が毎日、しじみ汁を飲めるくらいだから、悪くはないと思う」

「そうですか」

「いや、お多喜、なにも俺がいったからといって変える必要などないぞ」

「はい、ありがとうございます」

「お多喜、うちに来るしじみ売りは、男なのか」

「ええ、鷹吉《たかきち》さんといいます」

「惚れているなんてことはないのか」

お多喜が目を丸くする。

「唐突になにをおっしゃっているのですか。それに、鷹吉さんはもう六十すぎですよ」

「お多喜は五十すぎだよな。つり合いは取れているのではないか」

「誰が五十すぎですか」

「あれ、ちがったか」

「私はまだ――」

そこで言葉をとめ、勘兵衛の箱膳を取りあげた。

「もうお片づけします。よろしいですね」

「いや、おかずはあらかた食べたが、もう一杯、飯がほしいな」

「およしなさいませ」

ぴしゃりという。

「夜はあまり食べないほうがいいのです。それ以上、頭が大きくなったらどうされます」

「頭は関係なかろう」

「ふつうの人は食べた物は胃の腑《ふ》に入ってゆくものですが、勘兵衛さまの場合はちがいますでしょ。ですから、そんなに頭が大きくなってしまわれたのです」

「いくらなんでもそれはないと思うが、お多喜、歳のことがそんなに気に障《さわ》ったか」

「はい、障りました」

「そうか」

お多喜は、勘兵衛のつかった茶碗《ちゃわん》や箸を洗いはじめている。その姿を見ながら、勘兵衛は再び考えこんだ。

「お多喜、おまえ、やっぱり五十はすぎているだろう」

「はい、すぎておりますよ」

洗う手をとめて答えた。

「だったら怒ることはないではないか」

「私が怒ったのは、勘兵衛さまが私の歳を適当に覚えているのがわかったからです。いったいいつから一緒にいると思っていらっしゃるのですか」

「ああ、そうか。それはすまなんだな。でも、お多喜の歳はちゃんと覚えているぞ。五十二だよな」

「はい、その通りです」

お多喜の顔に喜色が浮かんだ。

「私がお膳を取りあげたのは、歳のことを怒ったからではありませんよ。夜、たくさん召しあがるのは本当に体によくないからです。勘兵衛さまももう若くはないのですから、できるだけお控えになったほうがようございます」

「そうだな」

実際、おかわりをもらわずともすでに満腹になりつつある。

「お多喜、気づかい、ありがとう」

お多喜が笑顔で頭を下げる。

勘兵衛は気分よく自室に戻ることができた。

やつは今頃、震えているのではないか。

夜道を歩きながら、梶山植之介は思った。あれだけ脅かしてやったのだ。怖くないはずがない。

そう、確かにびびっていやがった。これなら、あいつを倒すのもときの問題でしかないだろう。

だが、まださらなる鍛錬を積まなければならない。

不意をつけば、なんとかなるかもしれない。だが植之介としては、正面から行って倒したい。

それでなければ、甲斐がないというものだ。やつに正々堂々と勝負を挑み、その上で追いつめて殺したい。

やつが死を実感するまで追いこみたい。命乞《いのちご》いをさせたい。

やつの性格からして、死を覚悟しても命乞いなどしないかもしれないが、死の恐怖を存分に味わわせてやりたい。

植之介は、米倉久兵衛から与えられた住みかに帰った。

ここは、魚田千之丞を閉じこめていた家だ。

独りで住むには広すぎる。前も武家が住んでいたようだ。

素足で庭に出た。目の前に欅《けやき》の大木が立っている。

久岡勘兵衛。植之介は静かに呼びかけた。必ず殺す。

六

非番がまためぐってきた。

修馬は神田明神近くの茶店にいた。時刻はじき九つになろうという頃だ。

今日は天気がよく、小春日和というのがぴったりくる穏やかな陽射しが町に降り注いでいる。

まだかな。茶の入った湯飲みを縁台に置いて、修馬は立ちあがった。

来ない。約束の刻限は九つだから、まだ来なくても当然なのだが、修馬は四半刻近く前からやってきている。

茶もすでに三杯飲み、腹がふくらみつつある。厠にも行きたかったが、そのあいだに来られたら、と思うとこの場を離れることはできない。

腹も減ってきた。しかし茶だけならともかく、先に団子を食べるのは悪い気がする。

来ないなあ。修馬は縁台に腰をおろした。場所をまちがえたかな。

いや、そんなことはない。仲立ちしてくれた勘兵衛は、この飯岡《いいおか》屋という水茶屋で待ち合わせであることをいってきたのだ。

太陽を見る。もうじき九つだろう。胸がどきどきしてきた。

こんなのはいつ以来か。お美枝とはじめて逢《あ》い引きしたときだろうか。

そうかもしれない。それだけあの早苗という娘には心惹《こころひ》かれているのだ。

修馬は心を静めるために、茶をさらに飲んだ。もう空だった。

修馬は新たな茶を頼もうか迷った。これ以上飲んだら、小便が本当に我慢できなくなってしまいそうだ。

「どうしようかな」

「なにがどうしようか、なのですか」

いきなり女の声がした。

「あ、あ、これは早苗どの」

修馬は赤面した。

「いや、あの、なんでもありませぬ」

「さようですか」

早苗の白い肌にやわらかな陽射しが当たって、とてもつややかに見える。耳が透けて見えている。それがとてもつやっぽかった。

「あの、お一人ですか」

早苗のそばにつきしたがっているはずの下女らしい者の姿はない。

「はい、一人です」

早苗はにっこりと答えた。

「屋敷を出るまでは一緒でした。でも途中で撒《ま》きました」

「えっ、本当ですか」

「だってお守りつきでは、つまらないですから」

なんでもないことのようにいう。

「それはまた、ずいぶんと思いきったことをされましたね」

「昔からよくいわれます。やることが無鉄砲だって」

茶店の小女がやってきた。

「ああ、早苗どの、座りましょう」

二人は縁台に腰かけた。

「なにか召しあがりますか」

「いえ、ここではなくどこかよそで食べませんか」

「そうしましょう」

修馬は茶店の代を払った。

二人は歩きだした。

「なにか食べたい物はありますか」

「はい、ございます」

「なんですか」

「蕎麦切りです」

「蕎麦切りでよいのですか」

「はい、まだ一度も食べたことがないものですから」

「えっ、一度も」

「だって、誰も食べさせてくれないんですもの」

武家の娘ならそういうものかもしれない。早苗の宮寺家は千百石ときいている。まずまず大身といっていい。

早苗は次女だ。上に二つ上の長女がいるが、その娘は一年前に嫁いだという。跡取りには十八の信一郎《しんいちろう》という者がいて、いずれ嫁を取って家督を継ぐことになる。

「では、案内しましょう」

修馬は先に立って歩きだした。うしろについてくる早苗のことが気になって、ちらりと見るが、おびただしい町人たちが行きかうなか、早苗は誰ともぶつかることなく歩いている。足のさばきが自然で、どこか武道の心得があるように感じられた。

もし歩きづらいようだったら、手を引いてやろうという下心があったのだが、その必要はないようだ。

少し残念だったが、嫁入り前の娘にそんなことをしているのを誰かに見咎《みとが》められたら、謹慎くらいはあるかもしれない。

これは修馬が徒目付だから、ということではない。そのくらい、侍にとって男女の仲というのは厳しい。

修馬にしてみれば、人目を避けるそぶりをしつつもほとんどおおっぴらな町人たちのおおらかさがうらやましかった。

修馬が選んだのは、神田相生町《あいおいちょう》にある蕎麦屋だ。

「こちらにしましょう」

穏やかな風に小さく揺れる暖簾の前で、立ちどまった。

「なんていう店なのです」

「蕎麦六《そばろく》ですよ。店主の名が六右衛門《ろくえもん》ゆえ、そんな名をつけたらしいですね」

「そうですか。おもしろいものですね」

修馬と早苗は暖簾をくぐった。

なかは、十畳ほどの座敷があるだけの小さな店だ。そこに町人たちが一杯だ。武家の男女が入ってきたことに、誰もがやや驚いた顔をしている。

特に男たちは早苗の美しさに、目を離せずにいる。修馬はそのことを誇りたい気分になった。

「少しお待ちいただけますか」

小女にいわれた。

「早苗さん、どうします。待つのがいやでしたら、出ますか」

「いえ、待ちましょう。こうして皆さんが食べているのを見るのも勉強になります」

そういう考え方もあるのか、と修馬は感じ入った。

「先に注文をおききしますけど」

修馬は壁に貼《は》られた品書きを、早苗に教えた。

「いろいろあるのですね」

早苗が品書きを見つめている。その横顔を盗み見ただけで、修馬はどきりとしてしまった。

「山内さまはなにを召しあがるおつもりなのです」

「ざる蕎麦ですね」

「おいしいのですか」

「蕎麦切りの味が一番わかるといっていいと思います」

「それでしたら、私もそれにいたします」

「では、二枚ずついただきましょうか」

「二枚。大丈夫でしょうか」

「大丈夫ですよ。食べきれなかったら、それがしがいただきますから」

早苗は答えなかった。困ったような表情をしている。

「なにか」

「いえ、なんでもありませぬ」

やがて席があき、修馬たちは小女に案内された。連れていかれたのは窓際の席だ。腰障子が少しあけられ、そこから外が見える。道を多くの町人たちが相変わらず行きかっていた。

「楽しみです。どんな味がするのかしら」

早苗はうきうきしている。

やがてざる蕎麦が運ばれてきた。二枚ずつ、修馬たちの前に置かれる。

「薬味もありますが、まずはつゆだけで召しあがるのがいいでしょう。つゆもつけずに食べるのが通とかいいますが、それがしはつゆをつけて食べたほうがうまいと思います」

修馬は手本を示した。ざるから少し蕎麦切りを取り、あまりつゆをつけすぎずに一気にすすりあげる。

喉越しがよく、ふんわりと立ちのぼる蕎麦の香りもすばらしい。

「ああ、うまい」

「では、私も」

早苗がつつましげにすする。

「おいしいですね。つゆのだしがとてもうまく取ってあるのがわかります」

「そうですね。ここは蕎麦切りだけでなく、つゆも売りですから。しかし早苗どの、遠慮はいりませぬ。豪快にすすりあげてください。音を立てたほうがおいしいですから」

「わかりました」

早苗が立て続けに箸をつかう。思わず修馬はその食べっぷりに見とれてしまった。

あっという間に二枚のざるは空になった。

修馬はまだざるを一枚残している。

「まだ食べられそうですね。行きますか」

「はい、できれば」

修馬はざる蕎麦を二枚、追加した。

修馬が一枚を食べ終えた頃、二枚のざる蕎麦がやってきた。

いただきます、と早苗がまた食べはじめる。これもあっという間にたいらげた。

早苗はまだ物足りない顔をしている。

「あの、足りませぬか」

「はい」

結局、早苗は十四枚を食べた。

代を払ったのはむろん修馬だが、この大食らいには少々どころの驚きではなかった。

「あきれられましたか」

「いや、そんなことはありませぬが、予期していなかったものですから」

修馬は笑顔を見せた。

「しかしこれだけ食べるおなごというのははじめて会いましたし、あの食べっぷりは気持ちよかったですよ。蕎麦切りはおいしかったですか」

「ええ、とても。山内さまのおかげで、好物がまた増えました」

「好物というと」

「いろいろです」

これは文字通りに取るべきなんだろうな、と修馬は思った。多分、きらいな物などな
に一つありはしないのだ。

でも、はじめての逢い引きで素顔を見せてくれたことがうれしかった。

その後、早苗が一度も行ったことのないという神田明神に行き、日暮れ前に修馬は早
苗を屋敷に送り届けた。宮寺屋敷も番町にあり、山内屋敷から三町（約三百二十七メー

トル）ほどの距離でしかなかった。

こんな近くにこれだけ美しい娘がいることを知らなかったというのは、修馬にとって不覚だった。それでも、これまで嫁さずにいてくれたというのは幸運以外のなにものでもなかった。

宮寺屋敷の前に着き、早苗が今日一日とても楽しかったといった。

「それがしも楽しかったです」

「また誘ってくださいね」

「もちろん」

修馬は、早苗の瞳が潤んでいるのを見た。それはわかれを惜しんでいるように思えた。口を吸いたかった。すばやく左右を見渡し、人っ子一人いないのを確かめる。

修馬は早苗の腕を取り、抱き寄せようとした。その瞬間、地面と空が逆転した。

腰に痛みが走る。どうなったのか、修馬にはさっぱりわからなかった。

気づくと、早苗が上からのぞきこんでいた。

「山内さま、いえ、修馬さま、おいたはいけませぬ」

修馬は柔《やわら》で投げられたのを知った。

七

昨日は楽しかったな、と早苗は思った。また修馬に会いたい。

わざとたくさん食べるところを見せたけれど、あの人はいやがらなかった。

最後、口を吸いにきたのはいただけないが、人に対する礼儀も心得ている、と思う。

早苗は、人に対して傲岸《ごうがん》な人はきらいだった。これまで二度見合いはしたが、いずれも礼儀正しいふりをしているにすぎないのが一目で見抜ける男たちで、会った途端、落胆したものだった。

修馬の場合はちがった。美音の夫である勘兵衛と馬が合っているのはだてではないようで、雰囲気が他の男とはちがった。明るい感じを表情にたたえていたが、それだけではない誠実さも見て取れた。

見合いのあと、美音から今度の非番に修馬が会いたがっているというのをきかされ、早苗は心躍ったものだ。

正直いえば、昨日、口を吸われてもよかったのだが、簡単に許しては、軽い女と思われる気がした。それは心外だった。

もっともあのときは、そこまで考えたわけではない。腕をつかまれた瞬間、これまで習ってきた技が思わず出てしまっただけだ。

修馬は驚いていたが、投げ飛ばされたことに怒りはしなかった。むしろ、自分のほうから謝ってきたくらいだ。

その態度にも好感が持てた。女に投げ飛ばされたことで誇りを傷つけられ、怒りだすのがふつうの若い侍のように思えるのだが、修馬はそうではなかった。

「また会ってくださいますか」

そういったときのうれしそうな顔。またあの笑顔を見たくてならない。

「早苗さま」

前を行く端女《はしため》の安由美《あゆみ》が声をかけてきた。まだ日は十分に残っているが、すでに提灯に火を入れている。安由美は早苗より一つ年下の十八だ。

「うれしそうでございますね」

細い目を垂れさせていった。美人とはいえないが、愛嬌《あいきょう》があってときにとてもかわいく見える。

「わかりますか」

「もちろんでございます。小さな頃から早苗さまについているのですから、わからぬはずがございませぬ」

「でも昨日は、私の企《たくら》みを見抜けなかったではありませぬか」

「見抜いていたことはいたのです。でも早苗さまの逃げ足のほうがはやかったんです。まるでごきぶりのような逃げ足でした」

「安由美、私をごきぶり扱いするのはおやめなさい」

「はい、すみませぬ。つい口を滑らしてしまいました」

提灯が少し強くなった風に揺れる。早苗は茶を習っており、二人はその帰りだった。茶の師匠はある旗本の妻女なのだが、茶道の教え以上に話がおもしろく、つい長居をしてしまった。いつもより帰りがおそくなっている。

「母上に怒られたのですか」

早苗は安由美にきいた。

「もうこっぴどく。奥さまは本当に怖い……」

「私も同じです。二度としたら、屋敷からださぬといわれました」

「早苗さまは、山内さまとお会いになったのですよね」

「もちろんですよ」

「どうして私を撒くような真似をされたのです」

「だって、どうせなら二人きりで会いたいじゃないですか。本性も見えるでしょうし」

「見えましたか」

「見えました」

提灯が風のせいでなく揺れた。

「なにかあったのですか」

「もちろんありました」

早苗はどんなことがあったのか、語ってきかせた。安由美は口がかたく、早苗とのことは決して口外しない。

「口を吸われそうになったのですか。本当は吸われたのではないのですか」

「馬鹿をいいなさい。投げ飛ばしてやりました」

「ええっ」

驚きの声をあげて安由美が振り向く。

「早苗さま、やってしまいましたね。殿方にそんなことしたら、もう二度と誘われませんよ」

「そんなことありませぬ。また会う約束をしましたから」

「あら、そうなのですか。それはまた心の広いお方ですね」

「そうでしょう」

「早苗さま、お気に召したようですね。もしやこのまま婚姻ということに」

「さあ、どうでしょう」

正直、わからない。

「早苗さまが嫁がれたら、私、寂しくなります」

「寂しくなんかなりませぬ」

「どうしてです」

「あなたは私と一緒に来るからです」

「本当ですか。早苗さまが嫁されても、連れていってくださるのですか」

「当たり前です。あなたがいなかったら、私だって寂しいですから」

「でも、山内さまが私のこと、許してくださるでしょうか」

「そんな心配はいりませぬ。さっき安由美がいいましたが、心が広いお方というのは当たっていると思いますから」

「それをきいて安心いたしました」

安由美は心から喜んでいる。足の運びが弾んでいる。

さらに歩を進めているうちに日は落ち、あたりは暗くなった。安由美の持つ提灯がとても明るく見える。

ふと、早苗は背後に足音をきいた。ひたひたと近づいてくる。

あまり人けがない。さっきまで多くの人が行きかっていたのに、どうしてか今は近くには誰もいない。

まるで自分たちがちがう世に迷いこんでしまったような心持ちに早苗はなった。

足音はさらに近寄ってくる。駆けだしそうになるのを、必死に抑えこんでいるような感じを受けた。

そのただならなさに早苗は振り返った。

人影が半間（約九十センチメートル）ほどまでに迫ってきていた。その近さに早苗は驚いた。

まっすぐ突っこんできた。影のまんなかになにか光る物が見えた。

その光にまがまがしいものを覚えて、早苗はとっさに横によけた。

人影が行きすぎる。すぐに体をひるがえしてきた。

そのときなにを握っているのか、はっきりと見えた。匕首だ。

「なにをするのです」

早苗は叫んだ。人影は小柄だ。ほっかむりを深くしている。

匕首を突きだしてきた。早苗はすばやくかわすや腕を手繰《たぐ》るようにして相手の懐に入りこみ、思いきり投げを打った。

相手が早苗の腰の上ではねあがり、一気に地面に落ちてゆく。だん、と尻のあたりを強烈に打った。

とらえられる。そう踏んだ早苗は相手の左腕を放さずにいたが、座りこんだ相手が右腕で匕首をむちゃくちゃに振ってきたので、距離を取らざるを得なくなった。

影が悔しそうにしたのが、ほっかむりのなかで見えたような気がした。

一瞬ふらついたが、影は立ちあがって体を返すと、すぐに走りだした。なにがあったのかわかっていないらしい安由美を、どんと押し倒すようにした。

きゃあ。安由美が悲鳴をあげて尻餅《しりもち》をつく。

「大丈夫ですか」

早苗は安由美のもとにすばやく近づいた。提灯をちゃんと持っているのは感心だった。明かりも灯っている。

「はい、大丈夫です」

早苗の手を借りて、安由美がよろよろと立ちあがる。

「今のは誰なんです」

「さあ、わかりませぬ。怪我はないのですね」

「はい、どこにも」

ほっと息をついてから、早苗はまわりを見渡した。

「ここはどちらでしょう」

「麹町二丁目だと思いますが」

「自身番《じしんばん》はどちらです」

「さっきすぎたあたりのはずです」

「でしたら、寄っていきましょう」

八

「そろそろ帰るか、勘兵衛」

修馬が、隣から身を乗りだすようにいってきた。

「修馬、日誌は書いたか」

「むろんだ」

「今日は仕事がはやいな。逢い引きはそんなに楽しかったか」

「うるさい、朝からそればっかりではないか。俺は投げ飛ばされたんだぞ。今も腰が痛い。勘兵衛、どうして早苗どのが柔の達人であるのを教えてくれなかった」

「修馬も朝からそればかりいっているではないか。俺だってそんなことは知らなかった」

勘兵衛は修馬を軽く見据えた。

「なにゆえ早苗どのに投げられるような羽目になった」

「きくな、勘兵衛。武士の情けだ」

「わかったよ」

修馬のことだから、なにをしようとしたかはだいたい見当はつく。はじめての逢い引きで、不埒《ふらち》なことをしようとするのがまちがっている。

勘兵衛は日誌を書き終えた。詰所の奥に置かれた文机の前には、麟蔵がいる。書類に一心に文字を書きつけていた。

麟蔵に日誌を提出してから挨拶をし、二人は帰途につこうとした。そこに、小者が駆けこんできた。

「なんだと」

きき終えた修馬が眉をあげ、小者をにらみつけた。

「早苗どのは無事なのか」

「はい、怪我一つ負っていないそうです」

「どうした、なにがあった」

麟蔵の声がした。いつの間にかすぐうしろまで来ていた。

勘兵衛は麟蔵に説明した。

「早苗どのだと。ああ、この前修馬と見合いした娘か」

見合いなど婚姻に関することは、頭《かしら》に報告しなければならない決まりになっている。修馬と早苗とのことは、勘兵衛がすでに報告してあった。

「下手人は」

麟蔵が小者にただす。

「それはまだのようです」

麟蔵が勘兵衛と修馬の顔を交互に見た。

「よし、二人とも行ってこい」

麟蔵に背を押されるようにして、勘兵衛と修馬は詰所をあとにした。

城を出て、番町に向かう。

宮寺屋敷はひっそりと闇に沈んでいた。勘兵衛たちは訪いを入れた。

すぐに座敷に通された。待つほどもなく、早苗が姿を見せた。父親の与右衛門がつき添っている。与右衛門の背後に、早苗のおつきの端女らしい女が控えた。

「怪我はありませんでしたか」

与右衛門に挨拶をしっかりしてから、修馬が早苗にきく。

「ありがとうございます。はい、どこにもありませぬ。柔が私を救ってくれました」

どこかおもしろがっているような色を、勘兵衛は早苗から感じ取った。思った以上に明るい女《ひと》なんだな、と思った。修馬が惚れるのも無理はなかった。

「下手人を見ましたか」

修馬が問いを続ける。

「下手人は女の人です」

早苗が唐突にいう。

「えっ、まことですか」

「ええ、まちがいありませぬ。ほっかむりをしていましたが、あの体の軽さ、やわらかさは女の人以外に考えられませぬ。それに、甘い香りもしましたし」

「そうですか。あの、少々ききにくいことをうかがいますが」

眼差しはまっすぐ早苗に向けられているが、修馬は与右衛門を意識している。

「早苗どの、これまで誰かにうらみを買ったようなことは」

早苗が首をひねる。

「私のような性格ですから、もしかするとあるかもしれませぬが、命を狙われるまでのうらみを買ったことはないと思います」

そうだろうな、と勘兵衛は思った。

「ここ最近、なにか見てはならぬようなものを見たようなことは」

早苗が考えこむ。うしろで端女も思案の表情だ。二人がほとんど常に一緒にいるのが、このことからわかった。

「いえ、なにも見ていないと存じます」

うしろで端女もうなずいている。

とすると、なにか。

一つ浮かんだことがある。まさか。

「修馬、ちょっと」

勘兵衛は立ちあがり、襖をあけた。

「なんだ」

「話がある」

「ここですればよいではないか」

「そうもいっておられぬ」

申しわけありませぬ、と早苗や与右衛門に頭を下げてから修馬が廊下に出てきた。勘兵衛は襖を静かに閉めた。

「修馬絡みではないのか」

「なんのことだ」

「早苗どのは、お美枝どのを殺害したのと同じ者に狙われたのではないのか」

「なんだと」

「それが一番自然だと思わぬか」

「しかし……」

「しかも、早苗どのは女、といっていた」

「――まさか」

「そのまさかではないのか」

勘兵衛と修馬は、早苗たちの待つ部屋に戻った。

「これでおいとまさせていただきます。——早苗どの、ここしばらくは他出を控えてください」

修馬が真剣な口調でいった。

「はい、わかりました」

ではこれにて失礼します。勘兵衛と修馬は座敷を出た。急ぎ足で宮寺屋敷の門を抜ける。

「信じられぬ」

修馬がつぶやくようにいう。

「修馬、まだそうと決まったわけではないぞ」

「そうだな」

元造の屋敷は、麻布《あざぶ》善福寺《ぜんぷくじ》門前元町《もんぜんもとまち》にある。急ぎ足で歩いて、およそ半刻ほどで着いた。

錠のかかった格子戸を叩く。ふだんは錠などかかってはいないらしいが、これはお由梨が一人で界隈《かいわい》をさまようようなことをさせないようにしているのだ。

すぐに子分の一人が、障子をあけて顔をのぞかせた。賢吉だった。

あっ。かたまったように動かない。

「賢吉、この格子戸をあけろ。別におまえに用があってきたわけではない」

修馬がいうと、賢吉は近づいてきて、錠に鍵《かぎ》を差しこんだ。

「お由梨は元気か」

格子戸をあけながら修馬がたずねる。

「いえ、いつもと変わりません」

暗い声で答えた。

「そうか。元造はいるか」

「はい、少々お待ちください」

勘兵衛と修馬はなかにあげられた。いつもの座敷に座る。

「これは山内さま、久岡さま。ようこそいらしてくださいました」

深々と辞儀をした元造がこの前と同じ言葉をいう。

「今日はなにか」

二人の険しい顔を目の当たりにして、こわごわきく。

「お由梨のことだ」

身を乗りだして修馬が切りだす。

「はい、娘がなんでしょう」

「昨日はどうしていた。正確にいうと、夕方七つ半（午後五時）から六つ半（午後七時）ほどのあいだだ」

「寝ていましたが」

「まちがいないか」

「はい、まちがいありません。あっしがいつも上の部屋に食事を持ってゆくのですが、昨日も娘は寝ていましたから」

そうか、と修馬がいった。明らかにほっとしている。

勘兵衛は体を前にだし、元造にただだした。

「かばっているわけではないな」

「かばっていると申しますと」

「実はこういうことがあった」

「おい、勘兵衛、いうのか」

「いっておいたほうがよかろう。元造だって、理由をきかぬと気分が悪かろう」

「いえ、あっしはなんとも思いませんよ」

勘兵衛は咳払《せきばら》いし、どういうわけでここまでやってきたかを告げた。

「えっ、そんなことがあったんですかい」

元造が青い顔になる。

「本当です。昨日、娘はずっと家にいました。一歩も外に出ていません」

ぽんと手のひらを打った。

「それに、五つ半（午後九時）頃でしたか、かかりつけのお医者がお由梨を診《み》ています」

「その医者のことはあとできいてみよう」

勘兵衛はいい、さらに問いを重ねた。

「元造、おぬし、早苗どののことを知っていたか」

「いえ、存じません」

勘兵衛はじっと元造を見た。元造が体をかたくする。嘘をついているようには見えなかった。

「お由梨どのも同じだな」

「はい、知るはずがありません」

勘兵衛は元造に頭を下げた。

「疑いをかけてすまなかった。この通りだ」

「いえ、お顔をあげてください。久岡さまにそんなことされたら、恐縮しちまいますよ」

ふと、勘兵衛は閉めきられた襖の向こうに人の気配を嗅いだ。そっと立ち、襖をあけた。

お由梨が立っていた。

「お由梨……」

修馬が絶句する。勘兵衛は心中で舌打ちした。気づくのがおそすぎた。今のはすべてきかれてしまっただろう。

「すまぬ、お由梨」

修馬が畳に額をつけるようにする。

「申しわけない。いいわけはできぬ」

勘兵衛もこうべを垂れた。

「いいんです」

やわらかな声が降ってきた。

「これが修馬さまのお仕事なのですから」

勘兵衛は顔をあげた。お由梨が笑みを見せている。少し寂しげではあったが、嘘のない笑みだ。

やはり立ち直ってきているのだ。

それを修馬も認めたらしく、目をみはっている。

「許してもらえるのか」

「許すもなにも、修馬さまは当然のことをしたまでですから」

お由梨が敷居際に正座した。

「修馬さま。私は大丈夫ですから、もう気にかけられることはありません。この半年ほど、おとっつあんをはじめとしていろいろな人に迷惑や心配をかけてきました。でももう大丈夫です。私は強くなりました」

九

晴れ晴れとした思いが勘兵衛を包んでいる。それは修馬も同じだろう。

二人は元造の家を出て、道を歩きだした。

「よかったな、修馬」

「これで心配の種が一つ減った。あとは早苗どのを襲った下手人、お美枝殺しの下手人だろうが、を見つけることだ」

その通りだ。

「しかし修馬、おまえが理由だったとはな」

「うむ」

修馬が暗い顔で答える。

「お美枝も早苗どのも、俺が理由で殺され、殺されかけたんだ。しかし勘兵衛、どうして俺を狙わなかったのかな」

「それか。早苗どのがいうように、下手人が女というのは動かせまい。本当は修馬を殺したいが、女なのでどうすることもできぬ。それで、修馬の想《おも》い人を狙った」

「そういうことか……」

修馬の唇から力なく言葉が漏れる。

「俺のせいでお美枝は死んだのか。——だが勘兵衛、二人へのやり方がちがうぞ。早苗どのは匕首で狙われたが、お美枝はくびり殺された」

「そんなのはどうとでも説明はつく。同じ下手人と思われたくなかった。あるいは、くびり殺すより刺すほうがたやすいことに気づいた」

「もし勘兵衛のいう通りとするなら、下手人はどうやって早苗どののことを知ったんだ」

「逢い引きを見られたか。修馬、そんな眼差しを感じなかったか」

修馬は思い起こそうとしている。

「いや、感じなかった。浮かれていたせいで気づかなかっただけかもしれぬが」

「とにかく下手人は、修馬がいま好きな女が早苗どのであると知ったんだ」

「しかしどうしてだ。俺に対するうらみか」

「だろうな。それしか考えられぬ」

修馬が眉根を寄せ、唇を嚙んだ。

「さっき俺は、修馬を殺したいが、それができぬので女を狙ったといったが、もしかしたらちがうのかもしれぬ」

「なにをいいたい」

「下手人は、許嫁や修馬の想っている女に手をだしている。これには理由があるのではないか」

「なんだ。勘兵衛、はっきりいえ」

「逆があったのではないのか」

「逆だと。どういう意味だ」

「言葉通りの意味だ。修馬、考えろ」

「俺が、下手人の許嫁を殺したことがあるとでもいうのか」

「修馬、おぬし、前に人を殺したことはない、といっていたな。まちがいないな」

「まちがえようがない」

「とすると、どういうことかな」

「さあ、俺にはさっぱりわからぬ」

「考えろ」

「そういわれてもな」

「ちょっと小腹が空いたな」

勘兵衛は顎をしゃくった。

「寄ってゆくか」

広い神社の脇に、一膳飯屋《いちぜんめしや》らしい店がある。暖簾が寒風にばたばたとひるがえっていた。

「いいな。軽く飯を食ってゆくか」

「酒はなしだぞ」

「当たり前だ」

土間にいくつかの長床机《ながしょうぎ》が出ていたが、勘兵衛たちは奥の座敷に座を占めた。烏賊《いか》刺しがお勧めだというので、飯と味噌汁、漬物を一緒に頼んだ。

「勘兵衛、俺は本当に人は殺しておらぬぞ」

修馬が乾いた唇を、茶で湿す。まわりには多くの町人が入っており、自然、声は低くなっている。

「刀を抜いたことは」

「それはある。出入りのときだ」

「そのとき相手の用心棒を誤って、なんてことはないのか」

「それはない。数多く出入りに出たわけではないが、常に峰は返していた」

「峰打ちでも人は殺せるぞ」

「当たりどころが悪ければ、だよな」

修馬の顔が曇る。

「心当たりがあるのか」

ああ、と修馬がいった。

「寒かったのを覚えているから、もう一年くらい前か、出入りがあった。そのとき、相手の用心棒の肩を思いきり打ち据えたんだ」

「ほう」

「相手もそこそこ遣い手でな、俺も本気をださざるを得なくなった。殺してはおらぬと思うが、そのあとどうなったものか。もしかしたら、という気がせぬでもない」

「どんな男だった」

「若い浪人だ」

はやる気持ちを抑えて飯を食べ終えた勘兵衛と修馬は、その浪人のことを調べることにした。

もう一度、元造の家を訪問した。

「一年前の出入りの相手ですか」

元造が顎に手を当て、思いだそうとする。

「ああ、平太郎《へいたろう》一家ですね」

「まちがいないか」

「ええ、まちがいございませんよ。新堀川《しんぼりがわ》の荷のことでいざこざがありましてね、よく覚えてますよ。あのときは山内さまのご活躍もあって、あっしらが勝ちを得たんですけど」

平太郎一家の家は、麻布永松町《ながまつちよう》にあるとのことだ。元造の家からは南にまっすぐくだる感じになる。十町（約一・〇九キロメートル）も離れておらず、ずいぶん近い感じがした。

「ここだな」

修馬が足をとめる。新堀川沿いからやや南に入った道沿いに、大きな家があった。大提灯が一つ灯され、あたりに淡い光を放っている。その提灯には『平』と太い字で記されていた。戸はあけられている。

「ごめんよ」

修馬が暖簾を払い、土間に足を踏み入れた。勘兵衛はうしろに続いた。

「なんですかい」

土間のすぐそばにいた目つきの悪い男が寄ってきた。

「あっ、おめえは」

いきなり声をあげた。

「おい、みんな、来い。元造のところの用心棒が来やがったぜ」

なんだと、とどやどやと十名以上の男たちがやってきた。四名ほどが土間におり、勘兵衛たちのうしろにまわる。

「おい、よせ」

修馬が笑みを浮かべてなだめる。

「討ち入りに来たわけじゃない。それに俺はもう用心棒ではない」

「だったらなんの用でえ」

最初の男がすごむ。

「ききたいことがあってな」

「おめえになんぞ、誰が話すか」

「そうはいかぬ」

胸を張って修馬が身分を名乗った。

「ええっ、御徒目付っ」

男が頓狂《とんきょう》な声をだす。ほかの男たちも目をみはっている。どうしてやくざの用心棒だった男が徒目付に。

「ここに来たのは仕事だ。それゆえ、俺がきくことには答えてもらわねばならぬ」

修馬が男たちの隙間《すきま》から奥を見る。

「平太郎はいるのか」

「えっ、ええ」

「呼べ」

男たちは動かない。

「はやくしろっ」

修馬がすごむと、一人があわてて奥に飛んでいった。

親分らしい男がのそのそやってきた。頭は白髪がほとんどだが、目には鋭い光があって、威圧するものを感じさせる。やや猫背だが、それが逆に男の貫禄《かんろく》を増していた。

勘兵衛たちの前に膝をそろえる。

「あんたが平太郎か」

「ええ、そうです。お見知り置きを。ところで、なんの用ですかい。その前に、おあがりになりませんか」

「いや、いい。ここで話をきく」

修馬が背筋をのばした。

「一年前の出入りのとき、ここにいた用心棒のことを知りたい」

「どうしてそんなことを」

「きいたことに答えてもらおう」

「なるほど、すっかりお役人ですな」

平太郎の頰に冷笑が浮かんだ。

「まず名からだ」

修馬は無視し、平静な口調できいた。平太郎が下を向く。

「松山《まつやま》左京《さきょう》さまですよ」

「今もここで世話になっているのか」

いえ、と平太郎がかぶりを振った。

「あの出入りに負けて、お払い箱にしました」

「今も健在か」

「さあ、どうですかね。いえ、今さらとぼけてもしようがありませんね。ええ、元気ですよ」

「妻はいるのか」

「ええ、お一人」

「松山はどこに住んでいる」

少し気圧されたような顔で平太郎が修馬を見る。

「今から行かれますか」

「そのつもりだ」

「今はよしたほうがいいでしょうね。いくら御徒目付さまとはいえ、刻限を考えたほうがよろしいのではないですかね。なにが目的で松山さまのことをお調べになるのか知りませんが、明日の五つ（午前八時）頃に行ってみれば、なんであっしがこんなことをいうのか、おわかりになりますよ」


平太郎の言には妙な説得力があり、勘兵衛たちは逆らう気になれなかった。

翌朝、出直した。平太郎によれば、松山左京の家は、三田《みた》一丁目にあるとのことだ。

「このあたりだよな」

修馬がいい、道行く人にきいてみた。

「ああ、松山さまなら、その路地を入ってすぐの右手ですよ。松山庵、と看板が出ているからすぐにわかります」

かたじけない、と修馬が軽く頭を下げ、勘兵衛のもとに戻ってきた。

「松山庵だとさ。なんだろうな」

昨日の平太郎の言と合わせ、勘兵衛には予期できた。

いわれた通りの路地を入る。確かに、門柱に看板の出ている家があった。

「手跡指南。手習所か」

看板を読みあげた修馬が生垣の向こうに目を凝らす。勘兵衛も眺めた。

子供たちはすでに全員がそろっている様子で、朝の掃除をしていた。掃いてふいてわいわいと大騒ぎだが、どの顔も楽しそうで輝いている。

一際長身の男がいた。子供たちと一緒に教場のふき掃除をしている。

「あの男か」

勘兵衛は修馬にたずねた。

「まちがいない。松山左京だ」

「修馬、ちがうな」

「ああ。あの男が生きているのなら、早苗どのを襲う理由がない」

裏から、若い女がたらいを重そうに運んできた。それを見た左京があわてて庭におり、すぐさまたらいを持った。

軽々とした持ち方で、一年前の傷を引きずっているようなこともない。

女は満面の笑みだ。気づかわれて、とてもうれしそうにしている。犯罪を行ったばかりの影などどこにもない。

「仲むつまじい夫婦だな」

修馬のいう通り、あの女ではないな、と勘兵衛は思った。あの夫婦は今回のことにはまったく関係ない。むしろ修馬に負けたことで用心棒に見切りをつけたことが、いいほうに向いている。

なにもいわずに勘兵衛と修馬は体をひるがえした。道を北に向かって歩く。

「となると、どういうことかな」

修馬がつぶやく。

「ほかに下手人がいるということさ」

「しかし勘兵衛、そういわれても俺にはわからぬぞ」

「考えろ」

「昨夜も考えてはみたんだ。出入り以外になにかなかったか、を。だがなにも出てこなかった」

「ほかの出入りはどうなんだ。さっきの手習師匠以外にも、相手をした用心棒はいたんだろう」

「いたことはいたが、用心棒や子分どもを叩きのめしたということは一切ない。本当に出入りなんてのは、数えるほどしか出たことがないんだ。だから今の手習師匠のようなことがあったら、まちがいなく覚えているはずなんだ」

「だが修馬、なにかあったからこそ、想い人が狙われているんだぞ」

「そうなんだよな」

修馬が空を見つめる。頭上に浮かぶ雲に答えが書いてないか、確かめるような目つきだ。

「いや、わからぬな」

下を向き、首を振った。

「そんなにたやすくあきらめるな。そんな昔のことではないはずだ」

うーん、と修馬が歩きながらうなる。

「だが人を傷つけたり、怪我を負わせたりしたことはないんだ。本当なんだ。心当たりといわれてもなにも出てこぬ」

修馬は憔悴した顔をしている。必死に思いだそうとしているのはまちがいない。

「仕方ないな。そのうち思いだすだろう。今はそれを待つしかあるまい」

第三章

一

「俺も襲われた。早苗どのも狙われた。勘兵衛、おぬしも注意しろよ」

そこの辻でわかれたばかりの修馬の冗談まじりのその言葉が、頭に残っていたのかもしれない。

久岡屋敷まであと半町ほど、というところで背後に気配を感じた瞬間、勘兵衛は提灯を投げ捨て長脇差を引き抜いた。

気配は背中を狙うことはせず、勘兵衛の正面にまわってきた。地を蹴り、宙を飛ぶように一気に迫ってきた。

刀が突きだされる。勘兵衛は長脇差で弾いた。影が横をすり抜けようとする。勘兵衛はその肩に長脇差をぶつけようとした。

だが手応えはなく、すでに影は左手にまわりこもうとしていた。

この動きは。勘兵衛は以前、どこかで味わったことがあるのを思いだした。

すぐに誰かさとった。だがそんなことがあり得るのか。

胴を狙って横に振られた刀を、勘兵衛はかろうじてはね返した。きん、という音が夜に吸いこまれる。

影は小柄だ。ほっかむりをしている。

まちがいない。勘兵衛は確信を抱いた。だがどうして。死罪になったはずなのに。

そうだ、この男はとうにあの世にいるはずなのだ。とすると、俺は亡霊と戦っているのか。

また刀が振りおろされた。勘兵衛はがきん、と受けとめた。鍔迫《つばぜ》り合いになる。影はぐいぐい押してくる。

この力は本物だ。亡霊などではない。

死罪にならなかったのか。

だが、どうして生きのびたのか。牢《ろう》を逃げだしたのか。

いや、それだったら俺の耳に入ってくるはずだ。その手の知らせなど一切なかった。

どういうことなのか。

わからない。勘兵衛は鍔迫り合いをしつつ、混乱するばかりだった。

すっと影が消えた。男が横にずれたのだ。

勘兵衛は前のめりになった。あまりに考えにふけりすぎて、戦いのほうがなおざりになっていた。

存分に膝を折った姿勢から、男が逆胴に払ってきた。勘兵衛は長脇差をぐいと思いきり引き下げることで、なんとかしのいだ。

その衝撃は強烈で、勘兵衛はずるっと半歩ほど下がらされた。

そこへ頭上から斬撃《ざんげき》を見舞われた。勘兵衛は一瞬、気づくのがおくれた。

長脇差をあげていては間に合わない。体を思いきりねじった。

耳のあたりをかすめて刀が滑り落ちていった。勘兵衛は全身の毛が立ったのを感じた。それだけ際どかった。

だが今の一撃は男の渾身《こんしん》のものだったようで、男が刀を戻すのがかすかにおくれたのが知れた。

勘兵衛は袈裟に長脇差を振りおろした。空を切ったが、男は驚いたようだ。ばっとうしろに下がった。

ほっかむりのなかの目が悔しげにゆがむ。

勘兵衛は踏みだし、長脇差を上段から思いきり落としていった。もし男が横に逃げても、十分に対処できるだけの自信があった。

しかし男は逆に突っこんできた。勘兵衛の構えが大きくなるのを待っていたのだ。

罠《わな》にはまった自分を感じたが、不思議と焦りはなかった。勘兵衛は男の突きを余裕を持ってかわし、男のがら空きの胴に長脇差を叩きこんだ。

いや、それは錯覚でしかなかった。長脇差は空振りだった。

男は人間業とは思えない動きを見せたのだ。跳躍し、体を前に投げだすことで勘兵衛の長脇差をよけきったのだ。

勘兵衛が振り向いたときには、影はすでに遠ざかろうとしているところだった。

追うか。いや、無駄だろう。

勘兵衛は長脇差を鞘におさめた。かたわらで提灯が燃えている。

また駄目にしてしまった。安価なところに頼んではいるらしいが、こう立て続けに駄目にしてしまってはさすがに家計に響いてくるのではないか。

いや、今はそんなことを考えている場合ではなかった。

いったいどうしてやつが。お頭に知らせるか。

いや、その前に屋敷に行き、せめて水の一杯でも飲みたかった。

勘兵衛は息をついてから、歩きだした。

この前感じた妙な気配。やつだったのだ。

勘兵衛はあたりに気を配りながら、屋敷までの道を慎重に歩いていった。

くぐり戸を叩く。お帰りなさいませ、と屋敷の者が答え、あけてくれたときには勘兵衛はほっとした。はじめてどっと汗が出てきた。

玄関に続く敷石を踏み、歩きだす。屋敷に入ったことで油断があったのかもしれない。いきなり剣気に体を絡め取られた。前から影が突進してくる。

なに。勘兵衛はさすがにあわてた。長脇差の柄《つか》に手を置いたが、影のほうがはやかった。あっという間に懐に飛びこまれた。

刀が突きだされる。勘兵衛は、蹴破られた扉のように体を思いきりひらいた。

やられたか。だが、痛みはこない。脇の下を猛然と風が行きすぎてゆく。

かわしきったのを勘兵衛はさとった。長脇差に手をやり、引き抜いた。影が駆け抜けていったほうに体を向ける。

しかし影は消えていた。勘兵衛は気をゆるめることなく、近くの気配を探った。

なにも感じない。やつは消えたのだ。

「殿、今のはいったい」

くぐり戸をあけてくれた家臣が呆然としている。

「心配いらぬ。もう逃げた」

勘兵衛は玄関に入った。美音がいた。

「なにがあったのです」

勘兵衛は手短に話した。

「この前感じたという気配の男ですね。何者なのです」

美音がじっと見ている。

「もう何者なのか、おわかりなのではないですか」

勘兵衛は笑みを見せた。

「美音、あがってもよいか」

「失礼いたしました」

勘兵衛は自室に入り、どかりとあぐらをかいた。

「飯沼さまにはお知らせせずとも」

「知らせるべきだろうが、今知らせてもすべきことはない。なにをやるにしても明日だ」

不意に腹が鳴った。

美音がくすりと笑う。勘兵衛のことを心から信頼している笑いだ。

「夕餉の支度はもうできております」

二

いつもよりはやく出仕し、勘兵衛は麟蔵がやってくるのを待った。

その前に修馬が詰所に入ってきた。

「なんだ、勘兵衛、どうした」

横に座るやいなやいった。

「顔色が悪いな。青いというか」

昨日、わかれたあとになにが起きたか、勘兵衛は語った。

「なんだと。本当に襲われたのか」

修馬が勘兵衛の全身を見る。

「怪我はないようだな」

「ああ、どこにも」

「しかしまさかうつつのことになってしまうなんてな」

「修馬、助かった」

勘兵衛は頭を下げた。

「なんだ、いきなり」

「おまえの言葉がなかったら、俺はやられていたかもしれぬ」

「それは大袈裟《おおげさ》だろう」

すぐに修馬が真顔になる。

「だが、いったい何者だ。勘兵衛、心当たりはあるのか」

「それについてはお頭が見えたら、だ」

「呼んだか」

はっとして横を見ると、いつあらわれたのか、麟蔵がいた。

「お頭……」

「なんだ、話があるのならきくぞ」

麟蔵が勘兵衛の文机の前に腰をおろした。

勘兵衛は昨夜のできごとをできるだけ詳細に話した。

きき終えた麟蔵の眉根に、深いしわが刻まれる。

「まことか、勘兵衛」

「はい、本当に襲われました」

「わしがきいているのはそういうことではない。襲ってきた者がまことに上田梶之助《うえだかじのすけ》か、ということだ」

「はい、まちがいないものと」

上田梶之助。書院番だった兄の半左衛門《はんざえもん》が同僚と刃傷沙汰《にんじょうざた》を犯したおかげで家が取り潰しになり、梶之助は師範代として迎え入れられるはずの道場からも見捨てられた。

その後、梶之助は七年前に自分の背が小さいことを理由に縁談を断った女を夫、幼い子供ともども殺し、さらに道場から梶之助を追った道場主も殺した。

それだけ凶悪な男だったが、勘兵衛は死闘の末、とらえたのだ。

裁きの上、上田梶之助は死罪になったはずなのだ。その男がどうして勘兵衛を襲うことができたのか。

「お頭、なにか事情をご存じなのではありませぬか」

麟蔵は答えない。しばらく考えていた。

「ちょっと待っておれ」

いい置いて詰所を出ていった。


麟蔵は殿中を東に向かった。

着いたのは、御側衆《おそばしゅう》の用部屋の前だ。しかし、そこに目当ての人物はいなかった。

御側御用取次《ごようとりつぎ》という、将軍に近侍《きんじ》する者だから、多忙を極める。いないのはむしろ当然といえた。

御側御用取次という職は、二千石から三千石の旗本が任命される。むろん俊秀中の俊秀が選ばれるのだが、老中《ろうじゆう》から受け取った未決の書類を将軍のもとに運び、さらに決済の終わった書類を老中に手渡すのを役目とした。

将軍と老中のあいだを取り持つ役目だから、御側御用取次ににらまれると、仕事が滞ることになる。そのために、上位のはずの老中が逆に気をつかわざるを得なくなった。

御側御用取次は自然、権力を握ることになった。

「お待ちになりますか」

用部屋づきの小者にきかれた。

「ええ、そうします」

ここでつかまえないと、次はいつ会えるか知れたものではない。今日中に顔を合わせ、話をきかなければならなかった。

「だいぶお待ちになるかもしれませんよ」

小者が気の毒がっていう。いや、それはふりだけだ。内心は、おもしろがっているのだ。殿中には、この手の根性のねじくれた者が実に多い。

麟蔵は小者を無視し、目を閉じた。用部屋の前の廊下に正座している麟蔵に、近くを通る者が奇異の目を向けてゆくのがわかったが、気になどならなかった。

どういうことだ、という怒りのほうが強い。

それに、御側御用取次にじかにいわれ、上田梶之助の解き放ちに応じてしまったことを強く後悔していた。

どのくらいたったのか、腹の虫が鳴いた。

もう昼近いのだろう。麟蔵は目をあけた。

小者の姿はない。

くそ、腹が空いたな。

いらだたしい。麟蔵は廊下を見やった。まだ来そうにない。

詰所に戻りたくなった。さすがに足もしびれている。しかし、ここで帰るわけにはいかない。

くそ。麟蔵は怒りをわきたたせることで、ときをやりすごそうとした。

勘兵衛たちも待ちかねているだろう。

上田梶之助が勘兵衛を襲ったというのも許せなかった。御側御用取次は、責任を持って上田梶之助を預かるといったのだ。

いや、俺はこういうことになるのをとうにわかっていたのではないか。

だから心苦しかったのだ。非を鳴らし、罪を咎《とが》め暴く徒目付が不正に荷担したようなものだからだ。

御側御用取次にいわれ、楽松で会ったのが第一のしくじりだった。酒は飲まなかったが、話をきいたのが第二のしくじりだった。

第三のしくじりは話をきいたとき、席を立たなかったことだ。御側御用取次の懇願ともいえる言葉を受け入れてしまったのが、最後のしくじりだ。

いや、実際には、脅しだった。それがしの言葉はお上のものと思ってくだされ。将軍を持ちだされては、逆らうことなどできなかった。

くそ。麟蔵は自らを思いきり殴りつけたい気分だった。

さらに半刻以上たった。

「待たせたな」

響きのいい声とともに足音が近づいてきた。麟蔵は平伏した。

「そなた、名はなんといったかな」

覚えていないわけがなかった。麟蔵は気持ちを冷静に保ち、名乗った。

「そうだ。飯沼麟蔵であった」

御側御用取次の米倉久兵衛は、立ったまま麟蔵を見おろしている。

「して、なに用かな」

「おたずねしたき儀がございます」

「話せ」

「こちらでよろしいですか」

「他聞をはばかるか」

「はい」

「よし、入れ」

麟蔵は用部屋に入れられた。八畳の広さで、意外にせまかった。だがここに一人だから、十分すぎるともいえた。

久兵衛が文机の前に腰をおろした。麟蔵は向き合う形を取った。

麟蔵は目の前の男を見つめた。

背は大きく、座っている今も麟蔵を見おろすような格好になっている。端整な顔をしているといってよかった。眉が太く、眼窩《がんか》がくぼんでいるせいで彫りが深く見える。目は細いが切れ長で、聡明《そうめい》そうな色をたたえていた。ややすっきりとしすぎた顎が、わずかに軽薄そうなところを感じさせた。

「話せ」

改めて久兵衛にいわれ、麟蔵は語った。

「ああ、上田梶之助か。梶山植之介という偽名を与えていたが、あやつ、今どうしておるのかのう」

眉根を寄せ、麟蔵は久兵衛をにらみつけていた。

「そんなに怖い顔をするな」

「しかし、米倉さまが命を狙われている、そのための護衛にほしい、といわれたゆえ、それがし、伯者守《ほうきのかみ》さまと相談し、応じました」

「伯者守だと。ああ、そなたの上役の崎山《さきやま》か」

「解き放つ前、目を決して離さぬこと、という条件を必ず守るという約束をされたのを覚えておられますか」

「覚えておる」

「反故《ほご》になさいましたな」

「いやあ、すまぬ。目を離したわけではないのだが、いつの間にかいなくなってしもうた」

「いつの間にかですか」

麟蔵は腹が煮えた。

「鎖にくくりつけておくわけにもいかんのでな」

「やつが姿を消したとき、どうして連絡をいただけなかったのです」

「わしもこの通り忙しい身でな、暇がなかった」

麟蔵は内心で唇を嚙んだ。

「しかしどういう者を身近に置かれたか、それはご存じであったはず。やつを野放しにするなど、獣を野に放ったも同然ですぞ」

「そうだのう。すまぬ」

のんびりといい、久兵衛が会釈気味に頭を下げた。

「昨夜、それがしの配下がやつに襲われました」

麟蔵は静かにいった。

「なにっ。やつにまちがいないのか」

「まず」

「配下は殺されたのか」

「無事です」

「そうか、それはよかったの。不幸中の幸いというやつであろう」

久兵衛が身を乗りだしてきた。

「どうして配下は襲われた」

「米倉さまに引き渡す前、とらえたのがその配下だったからです」

「ほう、うらみを晴らしに行ったのか」

麟蔵はしばらく口を閉じていた。

「やつがいなくなったのは、正確にはいつですか」

「正確にといわれると、少し困るものがあるのう。半月ばかり前か」

「そんなに前なのに、知らせる暇がなかったといわれるのですか」

「飯沼、そんなに責めんでくれ。人はまちがいを犯す生き物ではないか」

「しかしそのまちがいで、人が死ぬかもしれぬのですよ」

麟蔵は立ち、久兵衛を見おろした。久兵衛がむっとする。

「このことが米倉さまの命取りにならぬことを、それがし、お祈りいたしますよ」

麟蔵はさっさと用部屋を出た。

三

欅の大木を前に、上田梶之助は刀を抜いた。

目の前に久岡勘兵衛がいる。

斬りかかった。だが造作もなくよけられた。

次も同じだった。いくら斬りかかったところで、避けられ、刀は弾き返された。

くそっ。梶之助は毒づいた。こんなのではいくらやっても駄目だ。

秘剣がほしい。体のすばやさを生かした秘剣は持っているが、それはやつに破られた。

なにかほかの技を身につけないと、やつを倒すことはできない。

昨夜は正面からやつに挑んだ。殺れる自信があったからだ。

しかし、それは勘ちがいでしかなかった。おそらく背後から斬りかかっていたとしても、やつを屠ることはできなかっただろう。

なにか工夫をしなければならない。

どうすれば、やつに土をなめさせることができるか。

ただ、昨夜の戦いで一つ示唆を得た。それは、やつを殺すためにはどうしても懐に入りこまねばならない、ということだ。

だが、それだけではむずかしい。昨日は確かに入りこんだが、ぎりぎりでかわされた。

あの感じで入りこみ、やつが別のなにかに気を取られるような工夫が必要だ。

それにはどうすればいいか。

刀をだらりと下げたまま、梶之助は思案に沈んだ。

飛び道具しかないな。

半刻ほど考えた末、得た結論はこれだった。

それからさらに考えた。今度は四半刻ほどで一つの示唆を得た。

これで行けるか。

問題は、梶之助の頭に浮かんだ飛び道具をうつつのものにできる技術を持つ鍛冶屋《かじや》がいるかということだ。

そういえば、と梶之助は思いだした。以前、刀も打てるし、手裏剣《しゅりけん》やクナイのようなものも打てる村の鍛冶屋がいるときいたことがある。

どこだったか。梶之助は首をひねった。

思いだせない。歯ぎしりしたくなる。

誰にきいたのだったか。必死に思い起こした。

そうだ。賭場にはじめて行き、そのときのいざこざがきっかけでやくざの用心棒に迎え入れられたときがあった。

そのとき、やくざの親分からきいたのだ。出入りのために刀や長ドスを用意するとき、その鍛冶屋に頼んでいることを。

あれはどこの村だったか。脳裏には、まったくなにも浮かんでこない。親分にきけば、すぐにわかるだろう。

あの親分はなんといったか。ああ、金之助《きんのすけ》だ。家は鮫ケ橋北町《さめがはしきたまち》だ。

行ってみるか。

梶之助は刀を鞘におさめた。俺の顔を見たら、金之助はどんな顔をするだろうか。


「生きていらしたのですか」

金之助が驚きからさめ、ようやく口にした。化け物を見た、という顔をしている。

「まあな。運がよかった」

「どういうことなんです。とうに死罪になられたものと思ってましたよ」

「それはきくな。いろいろあったんだ」

「さいですか」

きっちりと正座した金之助が茶を勧める。

「それとも酒のほうがよろしいですか」

「いや、茶でいい」

梶之助は湯飲みに手をのばした。

「ふむ、なかなかいい茶葉をつかっているじゃねえか」

「はい、上田さまに下手な代物はだせないですからねえ」

金之助は商人のようにもみ手をした。

「それで、今日はなんのご用です」

「それよ」

梶之助は湯飲みを茶托に戻し、用件を告げた。

「あの鍛冶屋ですか。ええ、腕は最高といっていいでしょうねえ。もし刀鍛冶一本でいったら、ものすごい業物《わざもの》をつくりだすのでは、といわれてますからねえ」

「どこに住んでいる」

「行かれますか。でしたら、地図を描きましょう」

「気がきくな。頼む」

梶之助は金之助自ら描いた地図を手に、歩きだした。

鍛冶屋は麻布村にあるとのことだ。金之助によれば、島津《しまづ》家の下屋敷《しもやしき》のそばですから、すぐにおわかりになりますよ、とのことだった。

地図通りに歩を運び、半刻ほどで麻布村に着いた。

とはいっても、ここが麻布村という感じはしない。あたりは下渋谷村《しもしぶやむら》や中渋谷村、原宿村《はらじゅくむら》などが混じり合っているらしく、目に入る風景は緑がほとんどだった。

そのなかで、やはり風光明媚《めいび》なのが武家に受けているのか、大名家の下屋敷らしい建物が多く目につく。どの屋敷もとてつもなく巨大だ。

梶之助は、ここか、と目についた家に近づいていった。

百姓家といっていい家だ。なかからはふいごらしい音がきこえてくる。それに鉄を打つ音も。

「ごめんよ」

声をかけた。答えはない。

梶之助は勝手に入っていった。

男が一人、金槌を振るっていた。真っ赤に燃えている鉄の長さからして、打っているのは刀にまちがいなかった。

梶之助はしばらく見入っていた。

「どなたですかい」

手をとめて、男がいった。駄目だ、とつぶやいて、刀を途中で放《ほう》りだした。

「やめてしまうのか」

「これはお遊びでしてね。いいのが打てる工夫ができた気がしたもので、試してみたんですが、なかなかそうはうまくいかないものです……」

残念そうに首を振ってから、男が梶之助を見た。

「どんなご用です。注文ですかい」

「そうだ」

梶之助は男に歩み寄った。

「こういうのをつくってもらいたいんだが」

懐から図面を取りだし、男に手渡す。

受け取った男が視線を落とした。じっと見ている。

「珍しい注文ですね」

「こいつは一つでいい。いや、二つにしてもらおう。あとは十字手裏剣を二十、つくってもらいたい」

「わかりました」

「図面のやつはつくれるのか」

男が首をひねる。

「まあ、大丈夫でしょう」

いい方は心許ないが、表情には自信がみなぎっている。

「どうしてこんな物が必要なのか、きかぬのか」

「きいたところで仕方ないですから」

「金がすべてか」

男は笑って答えない。

「いくらだ」

「三十両というところでしょうが、二十五両に負けときます」

ほう、ずいぶんふっかけるな、と思ったが、梶之助が望む物をつくれる者がこの世にこの男一人だとしたら、高い買い物ではない。

「よし、払おう」

梶之助は後生大事に抱えている風呂敷包みから、小判の包み金一つを取りだした。

男は、即金ですか、と目を丸くしたが、すぐに表情をゆるませた。

「いつできる」

「そうですね、五日見てもらえれば」

「よし、わかった」

梶之助は男を鋭く見つめた。

「五日後の夕方、取りに来る」

四

文机の前で、修馬が身じろぎする。書類に筆を走らせていた。

「修馬、なにを書いている」

「なに、あまりにお頭が戻ってこぬからな。暇だろう。俺が刀を抜いたときのことさ。そんなにあるわけではないからな、今、思いだして書きだしているんだ」

「これだ、というのは」

「いや」

修馬が渋い顔をする。

「これがまたなにもないんだ。刀を抜いたなんていうのは、出入りで四度。あとは道場の庭で振ったときくらいしかないからな」

「本当にほかにはないのか」

「思いだそうとしているんだが……」

「確かにこの太平の世だ。刀を抜くなんてことは、滅多にあるものではない」

「そうだろう、勘兵衛」

「だが修馬、うらみを買うのは、刀を抜いたときだけに限らぬぞ。たとえば、肩がぶつかって喧嘩《けんか》になったとか、唾を吐きかけられて口論になったとか、あるいは喧嘩の仲裁に出て遺恨を残したとか」

「その手のいさかいには、ほとんど縁なくこれまですごしてきた」

「よく考えて、思いだせ」

「そういわれてもなあ……」

それでも、しばらく過去に思いを馳《は》せていたようだ。

疲れたらしく、修馬がうしろを振り返った。今、詰所はすべての徒目付が出払っていて、勘兵衛たち以外には誰もいない。

「しかしお頭はおそいな」

「ああ、よほどの用なんだろう」

「まあ、そうだろうな。死罪に決まっていた男を、生かしたのだろうから」

むずかしい顔で修馬が腕組みをする。

「しかし勘兵衛、どういうことなんだろう」

「お頭がお帰りになれば、すべてわかる」

そのとき勘兵衛は襖があいたのを見た。入ってきたのは麟蔵だ。しかめっ面をし、口をひん曲げている。

　どすどすと足音荒く歩いてきて、勘兵衛たちの前に腰をおろした。

「待たせた」

「いえ」

　勘兵衛と修馬は頭を下げた。

「もう見当はついているだろうが、上田梶之助は放免になっていた」

　その理由を麟蔵が説明した。

「御側御用取次から要請があったのですか」

「その御側御用取次はどなたなのです」

「今、その役についているのは一人だ。名はいわずともわかろう」

　勘兵衛の頭に、米倉久兵衛という名が明かりが灯るように浮かんできた。

「お頭、もしや楽松で会っていたお方は――」

　うん、という顔を向けてきた。

「楽松だと。あの晩、おまえたちもいたのか」

「はい、廊下を険しい顔をされたお頭と大柄のお侍が行くのを見ました」

「そうだったのか。そうだ。そのとき依頼があった。そしてわしは受けた」

「なにゆえです。拒否はできなかったのですか」

「もうそのときには根まわしはすんでいて、わしにはどうすることもできなかった。根まわしというより、御側御用取次という権威を振りかざしてのことにすぎぬだろうが。とにかくわしが話をきいたときには、すでにすべてが決まっており、わしにはただ話を通しておく、ということでしかなかった」

麟蔵は自嘲《じちょう》気味に笑った。

「もっとも、今さらなにをいってもいいわけにしかきこえぬだろうが」

「お話はよくわかりました」

勘兵衛は麟蔵を凝視した。

「それで、上田梶之助は今どこに」

「それがわからぬのだ」

麟蔵が苛立《いらだ》たしげにいう。

やつはまた俺を狙うだろう、と勘兵衛は思った。やつの居どころを捜しだし、先んじたい。

だがそれはまず無理だろう。

いや、あきらめるな。やつはなにか足跡を残していないか。

取り潰しになった上田家とはもはやなんの関《かか》わりもあるまい。

しかし、どうして御側御用取次が梶之助のことを知っていたのか。

勘兵衛はそのことを麟蔵にただした。

「わしもきいたが、とぼけられた。ただ、すごい遣い手、ということで名だけ耳に入ってきたそうだ」

「その御側御用取次ですが、本当に命を狙われていたのでしょうか」

横から修馬がいった。

「どういう意味だ」

麟蔵が問う。

「なにか別の意味があって、上田梶之助を必要としたのではないでしょうか」

麟蔵が顎の肉をつまむ。

「なるほど、梶之助が逃げだすのは予期していたことだったのか。いや、待てよ。逃げだしたわけではないのかもしれぬな。はなからやつになにか汚れ仕事をさせるために、命を助けた、というのも考えられる」

「どんなことでしょう」

そう口にした瞬間、勘兵衛の脳裏をよぎっていった光景があった。

あのすさまじい傷。あれは上田梶之助の仕業ではないのか。

「お頭、喜多川佐久右衛門どのが殺された一件ですが、あのときの下手人、もしや梶之助ではないでしょうか」

「とんでもない遣い手による傷、と報告書には書いてあったな」

「あれが梶之助の仕業とするなら、合点《がてん》がいきます」

「話せ」

「まず、喜多川秀之介、源之介という兄弟が川崎の旅籠で殺されましたが、あれも梶之助の仕業ではないでしょうか。若いとはいえ、遣い手で鳴らした二人があっけなく殺されたのも、梶之助が相手ならわかります」

「その狙いは」

「今のところはまだわかりませぬが、こうしてみると、三男の勝之介を生かしたかった、ということになると思います」

「勝之介は喜多川家の家督を継いだな。それが狙いか」

「おそらくは」

「しかし、誰がそうした。勝之介か。いや、まだ十四の男にそこまでやれるとは考えられぬ。母親か。だが、上の二人も自ら腹を痛めた子供だな」

「おっしゃる通りです」

勘兵衛はうなずいた。

「それは、これからの調べで判明するのではないでしょうか。とにかく、梶之助を解き放つように御側御用取次に依頼したのは、喜多川家の者、と考えてよろしいのではないでしょうか」

麟蔵が深く顎を引く。

「喜多川佐久右衛門をまず殺し、遣い手の兄二人が仇討に赴くように仕向ける。仇の魚田千之丞の居場所をわざと知らせ、川崎の旅籠に二人をおびき寄せて殺す。その後、本物の魚田千之丞を酔っ払わせて登場させ、三男の勝之介に本懐を遂げさせる。これで勝之介は父と二人の兄の仇を討った者として、誰はばかることなく家督の座に座れる、そういう筋か」

麟蔵が一気にしゃべり、間を置いた。

「しかし、やはりどうして勝之介を、という疑問は残るな。勘兵衛、修馬、徹底して調べろ」

勘兵衛たちは城を出た。時刻は昼の八つをすぎている。

空には薄い雲がかかり、力のない陽射しをさらに弱めていた。風はあまりないが、町は冷えこんでいる。雪駄《せった》の下から伝わってくる地面はひどく冷たかった。

「それで勘兵衛、まずはどうする」

「喜多川家を調べぬとどうにもならぬな」

二人は急ぎ足で歩き、番町にやってきた。

「勘兵衛、今思いついたのだが」

修馬が歩を進めていう。

「やはり歩きながら考えるのは、いいみたいだな。座っているときと、ちがう考えが出てくる」

「はやくいえ」

「相変わらず気が短いな」

修馬がにやりと笑いかけてくる。

「この一件の最初さ。喜多川佐久右衛門どのが殺されたときのことだ」

「梶之助の仕業というのはもうわかっているではないか」

「だが、目撃者がいたな」

あっ、と勘兵衛は思った。修馬のいう通りだ。

「佐野太左衛門だな」

「そうだ。あの男が、襲ってきたのは魚田千之丞といったから、我らの目は魚田に向かった。そして、二人の兄弟も魚田が下手人と信じこまされた」

「となると、黒幕はやつか。しかし、やつがどうして喜多川家の三男を家督の座につけたいんだ」

「それは勘兵衛、わからぬ。だが、俺は一つ思いついたことがある」

「きこう」

勘兵衛たちは喜多川家ではなく、今は佐野家に向かっている。太左衛門が屋敷にいるかどうかわからないが、もしいたとして正面切ってただすことになるのか。

「勝之介は、太左衛門の実のせがれなんではないのか」

「なんだと。太左衛門は、佐久右衛門どのの妻の冨士乃どのの実弟だぞ」

「だから勘兵衛、つまりはそういうことではないのか」

修馬が思わせぶりにいう。

「では、若い頃二人ができて……」

「そう考えれば自然だろう。勝之介は上の二人に似ていないし、剣の腕もさっぱりだ。これは父親がちがう、というので説明がつく」

「しかし、上の二人は冨士乃どのの実の子だぞ。こたびの一件には、冨士乃どのは関わっておらぬ、と考えたほうがいいのか」

「さて、どうかな。もし関わっているとして考えられるのは、冨士乃どのの喜多川家への嫁入りが自らの好むところではなかった、ということではないかな」

「しかし大身の旗本となれば、自らの意志など忖度《そんたく》されぬのは当たり前だ」

「勘兵衛、頭がかたいな。でかい上にかたいんじゃ、どうにもならぬぞ」

「うるさい。頭のことに触れるな」

「わかったよ。もういわぬ。——だが、好きでもない男とのあいだにできた子が、先に生まれたからといって跡取りとなるのは許せなかった、というのは考えられるのではないか。好きな男とのあいだにできた最愛のせがれが家督を継げば、最高ではないか」

「そのために実の子を殺したのか」

「勘兵衛、そんなに驚くことではあるまい。古来、そんな例は枚挙にいとまがないだろう」

その通りだ。武門の家督に対する執着は、血のつながりなどあっけなく凌駕《りょうが》する。これまでも勘兵衛は、似たような事例を多く見せつけられてきた。

「これでまずまちがいないだろう」

修馬が結論づける。

「それで勘兵衛、どうする。証拠を握らぬとどうにもならぬぞ」

「修馬、佐野屋敷に行くのはやめよう。太左衛門と御側御用取次の関係をまず調べることにいたそう。そのあたりになにかほころびが見つかるかもしれぬ」

二人は城に戻り、麟蔵にも相談して、佐野太左衛門と御側御用取次の米倉久兵衛の関係を調べた。

あっさりとわかった。二人はまだ十になる前から、同じ家塾に通っていたことが判明した。

「そういうつながりか」

修馬が馬鹿にしたようにいう。

「からくりにもなってやしないぞ」

「修馬、そういうが、俺たちは幸運だったともいえるのだぞ」

「なんのことだ」

「上田梶之助が俺を襲ってきたことだ」

「それが幸運というのか。——なるほど、梶之助の暴走がなければ、梶之助が生きていることなど俺たちは知る由もなかった。つまり佐野太左衛門たちの策略は暴かれることなく闇に消えていっていたはず、というわけか」

眉間にしわをつくって修馬が吐息する。

「それにしても勘兵衛、このつながりだけでは証拠にはならぬな」

勘兵衛はしばらく考えた。やがて瞳を光らせて修馬を見た。

「おい、そんなに怖い顔をするんじゃない。相手がちがうぞ」

にこりと笑って、勘兵衛は目から力を抜いた。

「俺に考えがある。お頭の許しがもらえたら、やってみよう」

五

「約束がちがうではないか」

佐野太左衛門は大きな声をだした。ひやりとし、あわててまわりを見まわす。自室とはいえ、屋敷内には多くの人がいる。こんな言葉をきかれたくはない。

「三百両では不足だと……」

文を手に呆然とするしかなかった。やはり口封じをするべきだった。

だが、あれだけの遣い手をどうやって殺すというのだ。

それに、あんたが俺を裏切らなければなにも起きぬ、といった言葉に嘘はないように思えたのだが。

しかし、それは甘かった、とこの文を目の当たりにした今、思わざるを得ない。

くそっ。太左衛門は文を畳に叩きつけた。怒りがたぎってくる。

心の底から殺したかった。だが、自分ではどうすることもできない。剣に自信はまったくないのだ。

どうする。ここは要求通りにするしかない。

太左衛門は手文庫《てぶんこ》をひらいた。なかには、手ふきの包みがある。太左衛門はそっと取りだした。

手ふきを取る。あらわれたのは、四つの小判の包み金だ。ちょうど百両。

やつがこれを最後の要求にするかがわからない。いや、脅迫してくる者というのは際限がないときく。

わし一人でやつを斬るのは無理としても、家臣総出ならどうか。

いや、無理だ。さして腕の立つ者はいない。皆殺しにされるだけだろう。

「これを最後にしてくれるよう、懇願するしかないな」

そっとつぶやく。実際、もう金はないのだ。

包み金を風呂敷で包み直し、太左衛門は静かに立ちあがった。


指定された刻限は、夜の五つ半だった。この時刻がはやいのか、太左衛門にはわからない。

文のいう通り、供を一人連れて屋敷を出た。供が提灯を手にしている。その明かりを頼りに、太左衛門は道を進んだ。

供は、この寒い晩にあるじがどこに行こうとしているのか、知らされていない。

着いたのは牛込通寺町《うしごめとおりてらまち》。弘照寺という寺の前だ。ここが、文に記されていた待ち合わせの寺だ。

太左衛門は供に命じ、山門の扁額《へんがく》を念のために読ませた。まちがいなかった。

「あの、殿、こちらは」

供が不審そうに問う。

「ちょっとここで待っていてくれ」

「はあ、承知いたしました」

提灯を借り、太左衛門は五段ほどの階段に足をかけた。腹に力をこめ、あがりはじめる。懐の百両が気になり、そっと触れてみた。そこにあるのがはっきりとわかる重みを感じた。

山門はかたく閉まっている。しんしんとした寒さに凍りついているように見えた。くぐり戸を押した。あっけなくひらいた。

ごくりと唾を飲んでから、太左衛門はくぐり戸に身を入れた。

うしろ手でくぐり戸を閉め、境内《けいだい》を見渡した。暗すぎて、境内が広いのかどうか、判断がつかない。

提灯の光が届く範囲内には、人っ子一人見えない。

太左衛門は提灯を高く掲げた。まっすぐに続く石畳の脇に、いくつか灯籠《とうろう》が立っている。いずれの灯籠にも火は入れられていない。

ふう、と一つ息を吐き、太左衛門は石畳の上を進みはじめた。

やがて、本堂が提灯の明かりに浮かびあがった。

太左衛門は足をとめた。本堂の階段に腰かけている人影が見えたからだ。

「提灯を消せ」

咳払いして影がいった。

「話がちがうぞ」

太左衛門は抗議した。

「先に灯りを消せ」

低い声でいわれ、太左衛門は提灯を吹き消した。途端にまわりが闇に包まれ、目の前にいるはずの影までもが消え失《う》せた。

太左衛門は心細くなった。

いや、ここで負けてたまるか。自らを叱咤し、奮い立たせる。

「話がちがうぞ」

あらためていった。

「文にも書いただろう。もうつかっちまったものでな」

ごほごほと咳きこむ。どうやら風邪を引いているようだ。声が少しちがってきこえるのはそのせいだろう。それに、これなら殺れるかもしれない。

「三百両もか」

太左衛門は高ぶりをさとられないように、冷静な声をだした。

「三百両など、つかおうと思えばすぐだ」

上田梶之助に渡した金は、太左衛門の父親が遺してくれたものだ。勝之介のためを思えば、惜しくはなかった。

だが湯水のようにつかわれては、口惜しさだけがこみあげてくる。

「おぬし、わしと別れ際、いった言葉を覚えているか」

太左衛門はたずねた。間が少しあく。

「さて、なんだっけな」

「とぼけるのか。あんたが俺を裏切らなければなにも起きぬ、といったではないか」

「いったかな」

闇に目が慣れ、ようやく影が見えてきた。

「とにかくあと百両だ。四人も殺して三百両では、勘定が合わぬ」

「四人だと、おぬしが殺ったのは三人ではないか」

「魚田千之丞も俺が殺したようなものだ」

それは確かだ。上田梶之助が千之丞を弱らせ、しかも酒を飲ませてくれたからこそ、勝之介は討つことができたのだ。

「わかった。やろう。だが、これを最後にしてもらうぞ」

「むろんよ。今度は大切につかわせてもらう」

「約束だぞ」

「ああ、約束だ。なんなら指切りでもしようか」

太左衛門は男に近づいた。

「妙な真似はするなよ。あんたじゃ、相手にならぬことはわかっているだろうが」

「よくわかっている」

太左衛門は、百両入りの風呂敷包みを手渡した。影が無造作に手に持つ。

「確かめずともいいのか」

「信用している」

影が身じろぎした。

「しかしあんた、けっこう持っているんだな。だったら、やっぱりもう少し無心をさせてもらおうか」

「なにっ」

「そんなに驚くことはあるまい」

「もう金はないんだ」

「なんとかするんだな。それとも、俺がやったことをばらしてもいいのか」

「約束したばかりではないか」

「約束なんてものは破るためにあるんだ」

すげなくいわれ、太左衛門は頭に血がのぼった。殺すしかない。でなければ、破滅だ。刀に手を置こうとした。

「よせ、あんたでは無理だ」

太左衛門は刀を抜いた。影は動かない。余裕ということか。

太左衛門は自らの無力さを覚え、刀をだらりと下げた。

「勝之介といったか、喜多川家の三男は今度のからくりを知っているのか。いや、知ってはおらぬのだろうな」

「当たり前だ。話せるはずもない」

「母親はどうだ。あんた、冨士乃とかいう実の姉といい仲だったんだろ」

どうしてそれを。口走りそうになって、太左衛門は黙りこんだ。

「筋道立てて考えれば、誰だってその答えに行き着く。冨士乃もぐるなのか」

「姉は一切関係ない。実の子二人殺すのに、はい、というと思うか。すべてわしの一存でやったことだ」

「勝之介はあんたの実の子なんだよな。我が子かわいさゆえに、今度のことをたくらんだのか」

「俺は佐野家の三男だった。ずっと冷や飯食いだった。それが二人の兄の死で、やっと跡継になれた。それが八年前のことだ。俺はそんな苦労を勝之介にさせたくなかった」

「どうして勝之介が自分の子であるとわかった」

「姉からじかにきいた。一度きりのあやまちだったが、女には父親が誰かわかるそうだ。堕ろそうか悩んでいるといわれた」

「しかし、結局は堕ろさなかったのだな」

「わしが説得した。今思えば、堕ろしておけばよかったのかもしれぬ。そうすれば、誰も死ぬことはなかった……」

「こうして金を強請《ゆす》られることもなかったわけだ」

影がつと横を向いた。

「勘兵衛、これでよいか」

これまでとはまったく異なる明るい声で、誰かに呼びかけている。この男は上田梶之助ではない。そして、勘兵衛、というのは誰なのか。その名にきき覚えがある。

「もう十分だ」

別の声がし、灯籠の陰から男が出てきた。頭が異様に大きい。それで、誰なのか太左衛門にはわかった。徒目付だ。

「はめたな」

「そういうことだ」

上田梶之助を演じていた男が立ちあがる。顔が見えた。

「あっ」

太左衛門は声を漏らした。勘兵衛という男と一緒に来ていた徒目付だ。どうして気づかなかったのか。

太左衛門は逃げようとした。だが、それはもう無理だった。まわりには大勢の侍が満ちていたからだ。

太左衛門はがくりと膝を折り、地面に座りこむしかなかった。

「よし、修馬、勘兵衛、縄を打て」

朗々とした声が響き渡る。二人の徒目付が近づいてきた。捕縄が腰から取りだされる。

刀を奪われ、あっという間に腕に縛めがされた。

「立て」

足に力が入らない。いや、全身にだ。無理に立ちあがらされる。

「歩け」

太左衛門は押され、ふらふらと歩きだした。

「どうしてわかった」

横にいる勘兵衛という徒目付にただした。

「今、いうわけにはいかぬ。しかし、いずれわかろう」

太左衛門を城中の牢につなぎ、勘兵衛たちは詰所に戻った。

「まったく梶之助の真似などさせやがって。肝が冷えたぜ」

そういいつつも修馬はうまそうに茶を飲んでいる。充実した思いが顔に出ていた。

「上手だったよ。梶之助になりきっていたよな」

「馬鹿をいうな」

口中の茶を噴きだしかねない勢いで修馬がいう。

「誰があんな男に」

佐野太左衛門は、小塚原《こづかっぱら》の刑場で斬罪となった。結局、上田梶之助の行方についてはなにも話さずに死んでいった。

おそらく本当に知らなかったのだろう。三百両の報酬を与えたとき、つながりは完全に切れたのだ。

佐野家は取り潰しとなり、まだ幼い跡取りは遠戚《えんせき》の家に預けとなった。

跡取りがいるということだが、佐野家がいつか再興されるかはわからない。

そういう例がないわけではないのだが、まず無理だろうな、と勘兵衛は思った。

魚田家は名誉を回復し、再興が決まった。殺された千之丞は戻ってこないものの、これ自体は喜ばしいことだった。

御側御用取次の米倉久兵衛は、将軍の一声で追放ということになった。正確にいえば、江戸十里四方追放だ。

十里といっても、日本橋から五里（約二十キロメートル）ずつ、ということに定められている。少なくとも、江戸にはいられなくなる。

佐野太左衛門に金を積まれて上田梶之助を放免する措置をとったものの、久兵衛は太左衛門がなにをするつもりなのかまったく知らなかった、というのが命を取られることにもならず、遠島《えんとう》にも重追放にもならなかった理由だった。

米倉家は取り潰しをまぬがれたが、半知《はんち》を取りあげられた上、久兵衛の弟が家督を継ぐことになった。

勘兵衛や修馬にしてみれば、大甘といわざるを得ない処分だが、えらい者たちに与えられる罰などというのはいつも高が知れており、今はこれで我慢するしかなかった。

勘兵衛たちに残った仕事は、上田梶之助とお美枝殺しの下手人をとらえることだった。

六

すべてが終わり、勝之介は愕然《がくぜん》とするしかなかった。

いったいどういうことなのか、ろくに説明されていない。

叔父の太左衛門は斬罪となった。それは父と二人の兄の死に、叔父が関わっていたゆえらしいが、どうして太左衛門がそんなことをしたのかがわからない。

どうやら、この俺を家督の座につけるためにすべてのことが画された、ということのようなのだが。

どうして三男の俺などを。

母にきいたが、許して、と泣くばかりだった。

この、許して、という言葉の意味を勝之介はひたすら考え、ある一つの結論にたどりついた。

叔父は叔父ではなかった、ということなのか。だから、この俺を家督の座につけようとしたのか。

そうとしか考えられない。

しかし、そんな画策をする必要などまったくなかった。俺にだって、いつか婿入りの話はあったかもしれないではないか。

一生部屋住みのままでもいい、という覚悟めいたものもすでにできていた。

そうして一生を終えた者は、江戸に幕府がひらかれて以来、膨大な数にのぼるだろう。

自分がその一人になったからといって、恥じることなどない。

家督につけてくれた気持ちはうれしいが、三人、いや、四人もの犠牲の上に成り立ってのものでは、これから生きてゆくのに心苦しい。押し潰されそうな気分だ。しかも俺は、この手で魚田千之丞どのを殺してしまった。知らなかったこととはいえ、とんでもないことだ。

仇討願が公儀によって受理されたこともあって咎めはなかったとはいえ、これから生きてゆく上で、ずっと引きずっていかなければならない。それを考えると、たまらない気持ちになる。

それにしても、母と叔父は実の姉弟《きょうだい》なのに、どうしてそんなことになったのか。

太左衛門は、頻繁にこの喜多川屋敷を訪れたものだ。

それは母に会いたかった、ということもあるのだろうが、実の子である俺の顔を見たかったからにちがいない。

喜多川家はなんとか生き残った。

跡取りとして、この家を守り続けてゆくのが自分のつとめだろう。

そうすることで、父も兄たちも喜んでくれるにちがいない。

それしかない。自分のできることを、着実にこなしてゆこう。

それから、と勝之介は決意した。剣をしっかりとやろう。

目の前を通りすぎていったすべてを忘れ去るためにも、剣の修行というのは最良の手段かもしれなかった。

悔いがある。

冨士乃は泣くしかなかった。十五年前のあのできごとさえなければ、こんなことにはならなかった。

姉弟なのに、どうしてあんな過ちを犯してしまったのか。

もともと仲むつまじかった、というのもある。子供の頃、たわむれでお互いの口を吸い合ったこともある。長じてからは、なかなか婿入り先が決まらない太左衛門に、同情もあった。

夫と二人の子を奪った太左衛門に対し、不思議と憎しみはない。ずっと苦労してきた太左衛門のことをよく知っているからだろう。

許したくはないが、今は、太左衛門がこの世からいなくなってしまった悲しみのほうが深い気がする。

十五年前、夫の佐久右衛門に不満があるとか、夫婦仲がうまくいっていなかったとか、というようなことはなかった。

冨士乃が実家に帰ったのは、太左衛門がひどい風邪を引いたという知らせをもらったからだ。

弟の風邪くらいで帰るのはどうかと思ったが、夫は出仕中だったし、一刻ほど看病すればいいだろう、と気楽に考えていた。

ただ、弟の風邪は思った以上に重かった。いやな夢でも見ているようで、ひどくうなされていた。

冨士乃は枕元で、額の手ぬぐいを何度も替えた。

そんなとき、太左衛門がさらにうなされ、誰か女の名を呼んだ。どうやら好きな女のようだった。

うなされるままに太左衛門は何度も名を呼び、ついには両手を上にのばした。目の前の面影を追いかけているようで、とても苦しそうな顔をしていた。

かわいそうで見ていられず、いとしさがこみあげてきた冨士乃はその手を思わずつかんだ。その瞬間、強い力に握りかえされ、体をぐいと引かれた。

「待って、太左衛門、私よ」

叫んだが、弟にはきこえていないようだった。冨士乃は必死にあらがったが、男の力には勝てなかった。布団の上に組み敷かれてしまった。

結局、弟のされるがままになってしまったのだが、冨士乃はあのとき疑問に思ったことがあった。太左衛門は途中から目覚めていたのでは、ということだ。姉とわかっていたのではないだろうか。

むろん、そのようなことを問いただすことはできず、冨士乃は黙って喜多川屋敷に帰るしかなかった。

その晩、夫にも抱かれた。冨士乃が感じたのは、すまない、という思いだけだった。

それにしても、そのあとまさか子を身ごもるとは考えもしなかった。

女は子の父親が誰かわかる、というが、まさにその通りだった。

子供が生まれてくるのが、怖かった。自分の思いちがいであるのを強く願った。

しかし生まれた子は、上の二人とはまったく似ていなかった。それは、生まれた直後でも冨士乃にははっきりと見えた。

もう駄目だ、離縁されるだろうと思ったが、夫はなにもいわなかった。

でかしたと喜んでくれたし、勝之介という名を喜々としてつけた。

考えてみれば、自分の妻が実の弟の子を身ごもるなど、誰が思うだろう。

いつかは真実をいわなくてはならぬ日がやってくるだろう、と考えつつ月日は流れ、結局、今日に至ってしまった。

もし夫に真実を告げていたら、こんな日はやってこなかったのだろうか。

いや、身ごもったとき、誰にもいわず堕ろしていればよかったのだ。太左衛門に相談したのが最も大きなあやまちだったのかもしれない。

冨士乃はため息をつくしかなかった。涙がまた出てきた。

馬鹿だった。

米倉久兵衛は、自らを殴りつけたかった。

出世の階段をのぼり、御側御用取次までになれたというのに、こんなつまらぬことで手放してしまうとは。

久兵衛が佐野太左衛門から報酬としてもらったのは、千両だ。その千両ほしさに、すべてを失ってしまった。

金がほしかったのは、これから大名となり、さらには老中となるために必要だったからだ。

老中などというのはまだだいぶ先の話だが、目指すためには幕府の要人たちに金をばらまかねばならない。そのために、これまでこつこつと貯《た》めてきていたのだ。

その金は、すべて取りあげられてしまった。

金は取りあげられたが、それがすべてではない。命が残っている。追放刑ですんだのは、なによりだった。

自分としては下手をすれば斬罪、と考えていたのだ。よくて遠島。

それが思いもかけないほど軽い刑ですんだのは、上さまの一言があったからだ。

以前からお気に入りには甘いお方で、久兵衛はほぞを噛んだことが何度かあったが、こういうときにはその気質はこの上なくありがたかった。

江戸にはいられなくなったが、近くにはいられる。

一族の者たちは、自ら切腹することを期待しているらしいが、久兵衛にそんな気持ちなどさらさらない。せっかく拾った命を、散らしてしまうなどあまりにもったいなさすぎる。上さまのご配慮に逆らうことにもなる。

幸い、米倉家は存続が決定した。

取り調べに当たった目付には、上田梶之助の行方をさんざんきかれたが、佐野太左衛門に引き渡したときにつながりは消えている。知っているはずなどなかった。

上田梶之助は、なかなかおもしろい男ではあった。異様に復讐の心が強い男で、今の侍がなくしたものを持っているように感じられ、久兵衛にはそれが気持ちよかった。

今、どうしているのかと思う。きっと久岡勘兵衛という徒目付を狙うのだろう。

この先、会うことがあるだろうか。

いや、あるまい。

梶之助のことより、今は自分のことだった。

このままでは終わらぬ。

久兵衛は強く思った。必ず返り咲いてやる。

七

訪いを入れると、鍛冶屋が顔を見せた。

「ああ、いらっしゃい」

夕日に顔が赤く染まっている。

「できているか」

上田梶之助はたずねた。

「ええ、もちろんですよ。ちょっと待ってください」

鍛冶屋が奥に引っこんでゆく。戻ってきたときには、丸い盆を抱えていた。

盆の上に、十字手裏剣と目当ての手裏剣が置かれていた。鎌《かま》の刃のように見える。三日月の形といえばいいか。

「こいつか」

梶之助が無造作に手をのばすと、危ないですよ、と鍛冶屋が制した。

「こちらを持ってください」

示されたのは三日月の下のほうだ。

「ここだけは刃がついていませんから」

そうか、といって梶之助は手裏剣を手にした。

「試してみますか」

「試せるのか」

「もちろんですよ。手前もさんざん試してみましたから」

案内されたのは、鍛冶屋の裏の林だった。鍛冶屋が伐採したのか、そこだけ木々がなく草地になっている。まわりは松や杉などが生い茂り、緑が吐きだす清澄《せいちょう》な大気に草地は包みこまれていた。

「こうやって、やや横から投げる感じでやってみてください」

鍛冶屋が投げ方の手本を見せる。

「こうか」

「ええ、そんな感じです」

鍛冶屋がまじめな顔でうなずく。

「投げたら必ず避けてください。自分のところに戻ってきますから」

「ほう」

梶之助は構え、投げてみた。しゅっと音がし、手裏剣が手を離れる。

林の縁《へり》の松をかすめるようにして、手裏剣が戻ってきた。だが、梶之助の立つ位置からだいぶはずれていた。三間ほど離れて、地面に落ちていった。

った。

「これでは駄目だな」

梶之助がつぶやくと、鍛冶屋が助言した。

「もう少し肩と腕から力を抜いたほうがいいでしょう」

「おぬしはうまくやれるのか」

鍛冶屋がにっと笑う。もう一本の手裏剣を手にし、やや腰を低くして構えの姿勢を取った。

しゅっと音がしたのも林の縁の松をかすめるようにして戻ってきたのも同じだったが、異なっていたのは手裏剣が鍛冶屋めがけて返ってきたことだ。

鍛冶屋はひょいと頭を下げ、手裏剣をやりすごした。手裏剣は地面をすべるようにして落ちた。

「すごいものだな」

梶之助は目をみはって感嘆した。

「さんざん投げましたからね。投げてはつくり、つくっては投げの繰り返しでした」

「二十五両は安かったか」

「とんでもない。おもしろい物をつくらせてもらいましたから、それだけで甲斐がありましたよ」

鍛冶屋が手裏剣を拾いあげ、梶之助に渡した。

「要は回数ですよ。繰り返し、投げることです。そうすれば、きっと手前のようにやれます」

「そうだな。おぬしはできるようになったのだからな」

「ええ、お侍にできないはずがありません。手前などより、よほどはやくこつがつかめるのではないですか」

梶之助は手裏剣に目を落とした。

「しばらく一人でやっていていいか」

「どうぞ。しかしじき日が暮れますけど」

「かまわぬ。帰りたくなったら帰るから、気にかけんでくれ」

鍛冶屋は林を出ていった。

梶之助は薄暗くなってきたなか、何度も何度も手裏剣を投げた。なかなかうまくいかなかったが、鍛冶屋の投げ方を脳裏に描き、真似することを心がけた。

手裏剣は次第に自分の近くに戻ってくるようになった。これなら、と自信を持った。いずれつかいこなせるようになるはずだ。

日が西の地平に落ちて暗くなり、投げ放った手裏剣が見えなくなってきた。

これ以上は危なくてやっていられぬな、と最後の一投を力むことなく梶之助は試みた。

それは、今まで味わったことのない感じで指先を離れていった。なめらかという言葉がぴったりくる。

うまくいった。そんな確信があった。喜びに胸が躍った瞬間、しゅるしゅるという音を梶之助はきいた。

まずい。あわててかがみこむ。頭上をかすめて、手裏剣が行きすぎていった。

危なかった。冷や汗をかいた。それにしても、予期していた以上のすごさだ。

今の感じを忘れたくなく、梶之助はもう一回投げてみた。

またもなめらかに手裏剣は指を離れていった。さっきと同じだ。

梶之助は用心して体をかがめた。一尺ほど上を、手裏剣が通りすぎていった。

よし、これなら大丈夫だ。梶之助は手裏剣を拾いあげ、闇が深まってゆくなかしみじみと見た。

もちろんまだ何度も投げなければならないだろうが、これでやつを殺れる、という確信を抱いた。大丈夫だ、必ず殺れる。

いまや上田梶之助は、久岡勘兵衛と一刻もはやく対峙《たいじ》したくてならなくなっている。

第四章

一

勘兵衛としては、上田梶之助の行方を追いたかった。

だが、手を尽くして捜したところで、見つかるとは思えない。なんの手がかりもないし、つかませもしないだろう。

どのみち、やつの目当ては俺だ。いずれまちがいなく姿をあらわす。そのときに捕縛してしまえばいい。

ただ、勘兵衛に怖さがないわけではない。やつはこの前、背中を狙わなかった。正面から来たのだ。

それは梶之助の自信のあらわれだろう。

幸いにもなんとか退けられたが、次に梶之助が姿を見せたとき、どういう結末が待っているか。

やつはおそらく、また正面から戦いを挑んでくるはずだ。それは、勘兵衛を殺れるという自信を、再び持つことができたときだろう。

梶之助ほどの相手が、自信を持って襲いかかってくる。どんな戦いになるのか。凄惨《せいさん》な戦いになるのは確実だろう。今度こそ、どちらかが死ぬことになる。

長脇差では駄目なのは明らかで、実家である古谷家の部屋住みの頃から愛用していた剛刀をここしばらく帯びているのは、いつ梶之助と戦うことになってもいいように、との用心からだ。

「勘兵衛、今日はどうする」

横から修馬がいってきた。

「お美枝どの殺しの下手人捜しだ」

「ついに本腰を入れるか」

「これまでも入れてきたつもりだったが。この前の佐野太左衛門の一件も、落ち着いた。やれる条件はととのったといえよう」

「しかし勘兵衛」

修馬が息をつくようにいう。

「お美枝が殺されたのは、本当に俺が理由なのかなあ」

まだ信じられないところがあるようだ。表情にも暗澹としたものが感じられる。

だが、受け入れなければならない、というのはわかっているようで、覚悟を決めた顔になりつつあった。

「修馬、とりあえず町に出よう」

「おう、いいな」

勘兵衛と修馬は、麟蔵に今日の出先を伝えてから、詰所を出た。

「それでどうする、勘兵衛」

内桜田門を抜けたところで、修馬がきいてきた。

「修馬、まだなにも思いだせぬのか」

「ああ」

「おまえがうらみを買っているのは事実なんだ。とっとと思いだせ」

「そうはいっても本当になにもないんだ」

勘兵衛はしばらく考えた。

「修馬、おまえ、口が悪いよな。それは昔からか」

「ちょっと待て、勘兵衛。俺の口の悪さがお美枝を殺すことになったといいたいのか」

「口は災いの元、ということわざを知らぬわけではあるまい。酷ないい方だが、どんな災いを運んできても不思議はないぞ」

修馬が元気なく下を向く。

「そういわれると、自分が本当の悪人のように思えてきたよ」

「お美枝どのを殺し、早苗どのを襲った下手人にとっては悪人そのものさ。さあ修馬、考えるんだ」

修馬が歩きながら腕を組む。渋い顔をしている。

「お美枝を殺されるほど、ひどいことを口にした覚えはないんだが」

それはそうかもしれんな、と勘兵衛は思った。口は悪いかもしれないが、裏がない男だ。

とするとなんなのか。

勘兵衛は修馬の横顔を見つめた。端整な顔をしている。

お美枝に限らず、女にはもてただろう。

あっ、と気づいた。最も単純なことを忘れていた。

「おい、修馬。おまえ、お美枝どのの前におなごはいなかったのか」

「それはいたが、勘兵衛、そういう女たちの仕業というのか」

「女たちか。いったい何人いた」

「お美枝の前は二人か三人くらいだ」

「正確にいえ」

勘兵衛に強くいわれて修馬が考えこむ。

「四人だ」

「増えているではないか」

「正確にというから、一所懸命思いだした結果だ」

「うらみを買った女は」

「おらぬ」

「捨てた女もいるんだろうが」

「捨てたなんてとんでもない。俺がいつも袖にされていたんだ」

「嘘をいうな」

「決めつけるな、勘兵衛。わかれたのはすべて同意の上だぞ」

「おまえに未練を持ってわかれた女は」

「おらぬ」

「だから、そんな無造作に答えるな。もっと考えろ」

「怒らんでくれよ」

修馬は顎のあたりをつまんで、思案にふけっている。やがて勘兵衛を見た。

「俺にうらみを持ったり、未練を持ったりしてわかれた女はおらぬ」

「いいきれるのか」

「いいきれる」

「その四人が今どうしているか、知っているのか」

「だいたいは」

「いってみろ」

一人はすでに人の妻となって、子供もある。風の便りでは、この女は幸せに暮らしているということだ。あとの三人はまだ独り身で、いずれも奉公している。

「どこに奉公している」

「飲み屋と武家屋敷だ」

「ということは、まだ幸せは得ておらぬということか」

「一概にそうはいえぬだろう。働くことに楽しさを見いだす女もいる。だが三人とも気立てはよくて、お美枝を殺そうなどと決して思わぬ女たちだ」

「修馬、調べるぞ」

「本気か」

「徹底してやらなければ、お美枝どのを殺した下手人はとらえられぬ」

「勘兵衛、顔を合わせなきゃならぬかなあ」

「居どころを教えてくれれば、話は俺がきいてやる。そのあいだ、どこかに隠れていろ」

「恩に着る」

修馬は、ほっとした顔をしている。

「修馬、会いたくないところを見ると、やはりうらみを買っているんじゃないのか」

「とんでもない」

勘兵衛と修馬は、三人の奉公先に行ってみた。

まずは市ヶ谷谷町《たにまち》の一膳飯屋だった。ここで働いている娘はもうじき祝言《しゅうげん》ということだった。

それならお美枝を殺したり、早苗を襲ったりする必要はない。

次に向かったのは武家屋敷だ。番町にある旗本家だった。

当主は新番衆《しんばん》で、出仕していた。ある探索に関することについて話をききたいという理由で、働いている女中すべてに会うことになった。全部で八人いて、勘兵衛はさすがに気疲れした。

以前、修馬とつき合いがあった女は、今は台所のことをすべてまかされており、しっかり者だった。明るい表情をした女で、人を殺すような女には見えなかった。今の仕事に充足している感じがはっきりとうかがえた。

この女も下手人ではない、と勘兵衛は確信した。

最後に向かったのは、麴町の料理屋だった。

女は女中の一人だった。また全員に会うのは億劫《おっくう》だったので、勘兵衛は四人の女を適当に選んで呼びだした。

目の前に顔をそろえた四人のなかに、修馬の女だった女中がいた。

「ちょっと殺しの探索で来た。この店にこういう男が来なかったか」

適当な人相を口にする。

四人ともそろって首を振った。

勘兵衛は、修馬の女だった女中に目をとめた。おや、と思った。ほかの三人と感じがちがう。それはなんなのか。

すぐにさとった。

「おぬし、おめでたなのか」

勘兵衛は軽い口調で女にきいた。

「は、はい」

気恥ずかしげにしたが、女はどこか誇りを感じさせる笑みを浮かべた。

「そうか、よかったな。幸せか」

「はい、とても」

「おぬしのような美形を嫁にできているとは、旦那《だんな》は幸運な男だな」

勘兵衛が笑いかけると、ほかの女中がうらやましそうにいった。

「この人、お客さんに見初《みそ》められたんですよ。いい家《うち》の旦那さんで、あたしもはやくあやかりたいんですけど」

勘兵衛は料理屋を出た。これまで会った三人は下手人でないのが知れて、満足だった。修馬のいう通りで、皆、気立てのいい者ばかりだった。

そのことを外で待っていた修馬にいうと、うれしそうな笑みを見せた。

「だろう。だからいったんだ。勘兵衛、最後の一人にも会うか」

「いや、やめておこう」

もう結果は出たも同然だ。その一人は人の妻として、本当に幸せに暮らしているだろう。

「しかし修馬の女の筋も消えたとなると、あとはなにがあるのかな」

「だから勘兵衛、俺へのうらみではないのではないか」

「そんなことはない」

勘兵衛は断言した。これには確信があった。

「勘兵衛、腹が減らぬか。だいぶ動きまわって、俺はもうへたりこみそうだ」

「修馬はなにもしておらぬだろうが」

「そういわんでくれ」

刻限は八つをすぎている。活気の感じられない太陽ははやくも傾き、天からおりようとしている。

「仕方ないな。俺も空腹だ。修馬、なにが食いたい」

「なんでもいいよ」

「この前の蛸屋はどうだ」

「ああ、いいな。多良尾だな」

「やっているかな」

「とにかく行ってみよう」

店はやっていた。昼をもうだいぶすぎているのに、客はかなり入っていた。酒を飲みだしている者も少なくない。はやめに仕事を終えた職人たちだ。

勘兵衛たちはそういう者たちにまじり、蛸の素揚げに天つゆがかかった丼を食した。

腹が減っていたこともあって、勘兵衛と修馬は瞬く間にたいらげた。そばで蛸の素揚げを肴に酒を飲んでいた職人たちが驚いたほどのはやさだった。

二人は満足して、多良尾を出た。

「うまかったな、勘兵衛」

「ああ、また来よう」

勘兵衛と修馬は、しばらくどこに行くあてもないままに道を歩いた。麴町三丁目を東へ向かって歩いているときだ。

あっ。勘兵衛は心中で声をあげた。

「修馬、見たか、今の」

「ああ、掏摸《すり》だ」

「つかまえよう」

ほんの十間ほど先で、大店《おおだな》の隠居ではないか、と思える品のいい年寄りが財布を抜かれたのだ。

勘兵衛と修馬は隠居のところへ走り寄った。

「今、財布をすられただろう」

修馬がいうと、隠居は驚いた。懐を探る。

「あっ、ない」

そのあいだも、勘兵衛は掏摸から目を離さなかった。

「いいか、ここで待ってろ。取り返してくる」

勘兵衛たちは駆けだした。

掏摸は長身で、やせた若い男だ。肩のところがとんがっているようになっているのが特徴だ。

すぐにはつかまえず、しばらく泳がせた。掏摸は組になっている者が多いのだ。

だが前を行く掏摸は誰とも会わず、ただ前に進んでゆく。早足だが、余裕を感じさせる足取りだ。

「あの野郎、自信があるんだな」

「そうみたいだな。これまで、ほとんどしくじっておらぬのだろう」

「勘兵衛、とっつかまえるか」

「よし、やろう」

まず修馬が駆けて、掏摸を追い越した。掏摸はちらりと修馬に目を向けたが、なにも感じていない様子だった。

それを見届けて、勘兵衛は掏摸に近づいていった。

「おい」

背中に声をかける。どきりとして、掏摸が勘兵衛のほうを向いた。

「あっしですかい」

「そうだ。とまれ」

掏摸は素直に立ちどまった。

「なにかご用ですかい」

勘兵衛は身分を告げた。

「ええっ、御徒目付さま」

「役目により、おまえを引っ立てる」

「どうしてですかい」

「掏摸をはたらいたろう」

「いえ、そんな」

「だったら、懐の物を見せてもらおうか。上等の財布だ」

「これはあっしのですよ」

「だったら、中身をいってみろ」

「たいして入ってないです」

「だったらなおさらいえるだろう」

男がいきなり体をひるがえした。だが、すぐにすっ転ぶことになった。修馬が足を引っかけたのだ。

「ほら、起きろ」

修馬が男の懐を割り、財布を取りだす。

「おまえのじゃないな。これは持ち主に返さなければならぬ」

修馬が掏摸の腕を見た。

「ほう、まだ入れ墨はなしか。きれいなもんだ。凄腕なんだな」

「くそっ」

男は狂い犬のような獰猛《どうもう》な顔つきになっている。

修馬はそれにはかまわず、手際よく捕縄を打った。

「ほら、立て」

男がしぶしぶ立ちあがる。

「よし、勘兵衛、行こう」

修馬が先に立ち、勘兵衛はあとについていった。

「あっ」

隠居のもとへ歩きだしてしばらくしたとき、修馬が大声をあげた。掏摸がびっくりして、のけぞったくらいだった。

「勘兵衛、思いだしたぞ。うらみだ。買ったことがあった」

なにをいっているんだ、という顔で掏摸が見ている。

「いつのことだ」

勘兵衛は冷静にたずねた。

「それは勘兵衛、あとにしよう」

隠居にまず財布を返し、勘兵衛たちは南町奉行所に足を向けた。

「どういうことだ。修馬、はやくいえ」

「ああ、そうだったな」

修馬が捕縄をがっちり握りながら、語りだした。

「一年くらい前かな、盗っ人をとらえたことがあるんだ」

夜のことで、その盗っ人は町方役人に追われていた。修馬は出入りが終わったばかりで、酒が入り、気分が高揚していた。

元造一家の家に帰ろうとしたとき、盗っ人が目の前にあらわれた。ちょうど修馬は立ちふさがる形になった。通してくだせえ。盗っ人が懇願した。

「もしあのとき俺がしらふだったら、男の必死さを認めて行かせたかもしれぬ。だが出入りの高ぶりと酔いが、そうはさせなかった」

二

定町廻り同心の稲葉七十郎は、すでに奉行所に戻ってきていた。

「おう、二人そろってどうしました」

詰所に通され、勘兵衛は説明した。

「ほう、掏摸ですか。お手柄ですね。もう少し詳しくお話をうかがえますか」

掏摸を奉行所の牢に入れるのにも手続きが必要で、勘兵衛たちは詳細な事情を語った。

その後、七十郎が掏摸を牢に引っぱっていった。しばらく待たされたあと、詰所に戻ってきた。

「どうもありがとうございました」

「いや、当然のことをしたまでさ」

にこりとして修馬が胸を張る。

「実は七十郎、掏摸のことだけで来たわけじゃないんだ」

勘兵衛は修馬に思いださせるためにいった。

「ああ、そうだったな」

修馬が大きくうなずく。

「一年ほど前、盗っ人をつかまえたとき、俺は手塚《てづか》さんに力を貸したんだが、そのことで知りたいことがあるんだ」

手塚というのは七十郎の同僚だ。修馬と親しい。

「ほう、なんでしょう」

真剣な顔で修馬が語る。

「なるほど、確かにお美枝さん殺しの手がかりになるかもしれませんね。ちょっと書庫に行って、事件のことを調べてきますよ。お待たせしてしまいますが」

七十郎が詰所を出ていこうとしたとき、ちょうど手塚が帰ってきた。七十郎にいわれ、手塚が勘兵衛と修馬を認める。

「よく来たな、修馬。久岡どののもようこそ」

「手塚さんからきいたほうがはやいかな」

七十郎がいい、一年前の盗っ人の件を話した。

「ああ、そんなこともあったな。あのときは修馬のおかげでつかまえられたんだ」

手塚が少しなつかしそうにいう。

「あの盗っ人、名はなんといいましたっけ」

顔を突きだすようにして七十郎がきく。

「富造《とみぞう》だ。歳は二十三」

「そんなに若かったのか」

修馬はひどく驚いている。

「それで、いくら盗みだしたんです」

七十郎が問いを続ける。

「三十両だ」

「ということは、死罪に」

修馬が手塚に問うた。

「ああ。初犯だったし、誰も傷つけていなかったが、さすがに三十両は重い」

「富造に家族は」

「いなかった。幼い頃の大火で、一人生き残ったんだ」

「富造に許嫁や想い人は」

「さあ、いたのかもしれぬが、そこまでは調べてはおらぬ」

「初犯といったが、富造はなにを生業《なりわい》にしていたんだ」

「畳職人だ」

「どうして盗みを」

「金に困ってのことときいた」

修馬が勘兵衛に顔を向ける。

「富造のことを調べてみるか」

「もちろんだ」

勘兵衛と修馬は、七十郎と手塚に礼をいって奉行所を離れた。

手塚によると、富造の住んでいた長屋は四ッ谷南伊賀町《みなみいがまち》にあるとのことだ。

長屋は日当たりは悪くない場所に建っていたが、いかにも古く、今にも倒れそうな感じだった。八つの店が路地をはさんで向き合っている。

富造は右側の一番奥に住んでいたという。

同じ長屋の者に話をきいた。七つ（午後四時）近くになろうとする刻限で、長屋にいるのは女房たちがほとんどだった。

「畳職人としていい腕をしてたっていう話は、きいていたんですけどねえ」

「そうそう、食うに困らないだけの稼ぎはあったはずなのに、どうして富造さん、あんなことしちまったんだろ」

女房が涙ぐむ。富造が長屋の者に慕われていたのがわかった。

「富造に許嫁や想い人はいたか」

修馬が女房たちにただす。

「許嫁がいましたよ」

やはり、と勘兵衛は思った。

「その許嫁は今どこに」

「さあ、存じませんねえ」

「昔はどこに住んでいた」

「それも知らないんですよ。前にきいたことあったんですけど、富造さん、教えてくれなかったんです」

「許嫁の名は」

「存じません。富造さん、別に秘密にするつもりはなかったみたいなんですけど、けっこう口が重かったもので」

「そうなんですよ。あまり自分のことはしゃべろうとせず、人の話を一所懸命にきく人でしたねえ。そんなんだから、私たちも話し甲斐がありましたねえ」

話が上手な人より、きき上手のほうが好かれるというのは確かにある。

「許嫁のことを知っている者に、心当たりはないか」

「それでしたら、畳職の親方がいいんじゃないですか」

道をきき、勘兵衛たちは親方のもとに行った。家は四ッ谷坂町《さかまち》にあった。

「富造ですかい」

名をきいた途端、親方は悔しげな顔つきになった。

「いい腕をしていたんですよ。あんなことさえしなければ、すぐにでも独り立ちできたのに」

親方自身、弟子が盗みを犯したことで奉行所からひどいお叱《しか》りを受けたはずだが、そんなことはおくびにもださなかった。

「そんなにいい腕だったのか」

「ええ、そりゃあもう。あれだけの腕の男は、そうはいやしません」

「ききたいのは、富造の許嫁のことだ。名と住みかを知りたい」

「富造が死罪になったのは、一年くらい前ですかね。今さらどうしてそのようなことをおたずねになるんですかい」

「ちょっと御用の向きでな」

修馬が瞳を光らせていうと、失礼を申しあげました、と親方が小腰をかがめた。

「お咲《さき》ちゃんといいました。前の住みかは存じてますけれど、もうとっくに越してしまってますよ」

「お咲か。今の住みかは知らぬのか」

「ええ、申しわけございません」

嘘をついているようには見えなかった。

「それにしても、富造はどうして盗みなんかやったんだ。しかも三十両という大金だ」

「お咲ちゃんの弟ですよ。重い病にかかっていたんです。それでお咲ちゃん、薬のために借金がかさんだんです。ちょっとたちの悪いところに借りちまったりして」

「もしやそのお咲の身売りでも絡んでいたのか」

勘兵衛は口をはさんだ。

「ええ、そういうこってす。それで富造のやつ、俺がなんとかしなきゃって考えたんですよ」

「お咲には、身を売らなければならぬほどの借金があったのか」

「ええ、ほとんどが利息だったんでしょうけれど、それが三十両ということです。あっしも相談されて、何度か用立てたことがあったんですけどね、さすがに三十両はあっしの手が出る額じゃありません」

そうだろうな、と勘兵衛は思った。

「富造はどこに盗みに入ったんだ」

修馬がきくと、親方の顔が苦いものになった。

「相生屋《あいおい》という大店です。あっしの得意先の一つでした。座敷の畳替えということで、富造をやったんです。そのとき、けっこうな金が置いてある場所をどうも知っちまったようなんです」

「ところで親方」

修馬が呼びかける。

「許嫁の弟はどうなった」

「死んじまいました。お咲ちゃんが長屋を去る、二日前のことでしたね」

「お咲の行方が知れぬというのは、身売りされてどこかの女郎宿に入ったからか」

「そういうこってす」

親方が無念そうに首を振る。

「今頃、なにをしてるんだか。きっと苦労しているんでしょうねえ。とてもきれいな娘《こ》だったんですよ。そんな苦労はまるで似合わないんですけどねえ」

「お咲はなにを生業に」

「一膳飯屋で働いてました。看板娘のお咲ちゃんのおかげで、とても繁盛していたんですよ。でも、もうその店はないんです。一年前の大火の際に焼けて、主人夫婦が死んでしまいましたから」

三

勘兵衛と修馬は畳職の親方のもとをあとにし、お咲が住んでいた長屋に足を向けた。

市ヶ谷左内坂町《さないざかまち》の長屋だった。左内坂という坂に沿って町はある。坂をはさんで町の向かいは、定火消《じょうびけし》の渡辺《わたなべ》家の屋敷が建っている。

冬の短い日は、すでに長屋の屋根の端にかかろうとしている。薄暗さが長屋の路地に忍びこもうとしていた。

買い物帰りか、三人の女房らしい女が路地で世間話をしていた。遠慮のない笑いが大気を破って届く。

勘兵衛たちはその三人に声をかけた。

「お咲ちゃんのことですか。ええ、よく覚えていますよ。きれいだったから」

一番年上で、最も肥えている女房がたっぷりとした顎を大きく上下させた。

「新助《しんすけ》ちゃんが病になっちまうわ、許嫁が盗みをはたらくわで、結局、身売りするしかなかったんですけどね」

「お咲だが、どこに行ったか知らぬか」

「さあ、どこに行ったんでしょう」

修馬がほかの二人にも目を向ける。二人はすみません、というようにそろって首を振った。

「最初は、お咲ちゃんだけでなく、私たちもただの風邪だと思っていたんですよ」

「弟の新助のことか」

「はい、そうです。でもだんだんと病が重くなり、寝たきりになってしまったんです」

「医者にかからなかったのか」

「もちろんかかりました。かかりつけがいましたから。その医者にいわれるままに高価な薬をつかったりしたんですけど、新助ちゃんは一向によくならずに結局……」

そういうことだったのか、と勘兵衛は思った。修馬が勘兵衛を見た。これからどうする、という目をしている。

「新助を診た医者というのはどこに」

「ああ、それでしたら」

女房はていねいに名と家への道順を教えてくれた。

「勘兵衛、どうして町医者に会いたいんだ」

医者のところに向かいながら、修馬がきく。

「いや、なんていうこともないんだ。ちょっと会って顔を見たいだけだ」

勘兵衛たちは、同じ町内に住むというその町医者に会った。名は順唱《じゅんしょう》。あまりはやっていないのか、それとももう今日の仕事は終えたのか、順唱はすでに一杯はじめていた。

「すみません、御徒目付さまが見えたのに、酒なんか飲んでしまって」

恐縮したようにいい、酒を片づけたが、表情は未練たっぷりだった。目がどんよりと濁《にご》り、顔は脂ぎっていた。勘兵衛はあまりいい感じを持たなかった。

「あの、それでどういうご用件でしょう」

瞳に警戒の色がかすかに見える。

「お咲のことだ」

勘兵衛が前置きなしでいうと、順唱は明らかにどきりとした。なんだ、これは、と勘兵衛はじっと見た。

「は、はい、存じております。とてもきれいな娘さんでした」

「では、弟の新助も覚えているな。病はなんだった」

「はい、肝の臓です。腫《は》れ物ができていまして、手前も手を尽くしたのですが」

「高い薬をつかったそうだが、それは必要だったんだな」

「はい。お咲さんから、どんなにお金がかかってもいいからお願いします、といわれまして」

「だが、結局は救うことはできなかった」

「はい、高い薬といえども必ず効くということにはなりませんから」

「しかし、おかしいな。俺たちが耳にしたのは、お咲はおぬしにいわれるままに高い薬をつかったとのことだったが」

「ええ、それはそうです。手を尽くしてほしい、といわれれば、医者としてはどうしても高価な薬に手がのびます」

「相当の借金をしたそうだが、それだけの金をお咲が払えると思ったのか」

「無理かもしれないとは思いましたけれど、是非薬を続けてほしい、といわれましたのでこちらとしてもむげに断ることはできず……」

「そうか。わかった」

これ以上きくこともなかったが、最後に勘兵衛は一つだけたずねた。

「お咲が、たちの悪いところから金を借りていたのは知っていたな。その金貸しが今どこにいるか、知っているか」

牛込払方町《はらいかたまち》に金貸しは住んでいるとのことだ。この町はもともと公儀の御納戸《おなんど》衆と払方衆の拝領屋敷地だったが、今は敷地内にいくらでも町屋が建っている。この家賃を役人たちは生活の足しにしているのだ。

とうに日は暮れ、修馬が懐から小田原提灯を取りだした。火を入れると、か細い光が道を照らしだした。

金貸しは、一軒の旗本屋敷の敷地に居を構えていた。かすかな月明かりを浴びて青く見えている家は、広いとはいえないが、日当たりもよさそうだし、住みやすくもありそうだ。入る前から、調度もいい物をつかってあるのがわかるような気がした。

「お咲さんですか、よく覚えておりますよ。弟さん思いの、とてもいい娘さんでした。美形でしたしね」

金貸しは、しみじみとした口調でいった。

「今どこにいるかを」

間髪を容れずに修馬がきいた。

「いえ、存じません」

「だが、借金のかたにお咲を売り払ったんだろうが」

「ああ、そのことはご存じでしたか」

金貸しは頭をかいた。坊主のように頭をつるつるに剃っている。

「でも、今どこにいるかは存じません。これはまことです」

確かに嘘をついているようには見えない。この金貸しに、嘘をつく必要があるとも思えなかった。

「借金のかたに売り払った先は女衒《ぜげん》か」

これは勘兵衛がきいた。

「ええ、さようです」

「その女衒の住みかを教えてもらおう」

「今から行かれますか」

「行ってまずいことでもあるのか」

「いえ、まさか」

金貸しがにやりと笑う。少し不気味な感じがする。金貸しは舌で唇を湿らすと、女衒の住みかを口にした。

勘兵衛たちはさっそく向かった。道としてはあと戻りということになる。

女衒の住んでいるのは、内藤新宿下町《しもちょう》だった。内藤新宿には女郎宿が多い。女衒が住むには格好の町なのだろう。

女衒の住む家は自身番につめている町役人にきいたらすぐにわかったが、女衒自身は留守にしていた。

「どこに行ったかわかるか」

近所の者にたずねまわったが、いずれも知らなかった。ほとんど近所づき合いはないのだろう。

仕方ないので自身番に戻り、町役人にきいた。町役人でなく、書役《しょやく》が、ああ、それで

あった。

煮売り酒屋は岩平《いわへい》といい、青梅街道沿いではなく、玉川上水《たまがわじようすい》が流れる裏手のほうに
内藤新宿仲町は、下町の西に位置する町だ。

「前に仲町《なかちよう》の煮売り酒屋で見かけたことがありますから、そこかもしれませんよ」

したら、といった。


けっこう混んでいるのは、それなりに安くてうまいからだろう。客は宿場で働いてい
る人足《にんそく》や馬子《まご》、駕籠《かご》かきなどが多いようだ。

女衒の名は市右衛門《いちえもん》といい、店の者にいるかときいたら、上の座敷で飲んでいます、
とのことだった。

小女に案内してもらい、勘兵衛と修馬は二階にあがった。

「市右衛門さん」

小女が襖越しに呼びかけると、なんだい、としわがれた声がした。

「お客さまです」

「どなただい」

勘兵衛はからりと襖をあけた。一歩なかに入って身分を告げる。

「ほう、御徒目付さまですかい。どうぞ、お座りなさって」

勘兵衛と修馬は市右衛門の前に座った。市右衛門は年寄りといっていい男だ。顔には

しわが一杯だし、背もすでに曲がってきている。眼光だけは鋭く、どこか鷲《わし》の目を思わせた。

六畳間で一人、市右衛門は肴ののった箱膳を前に酒を酌んでいた。

「御徒目付さまがなに用ですかい」

杯をくいっと傾ける。

「それとも、あっしのような年寄りの酒のお相手をしてくださるんですかい」

「お咲の行方だ」

修馬が静かにいう。

「おさきさん。さて、どなたですかい」

「あまりに扱った女が多すぎて、覚えておらぬか」

勘兵衛には、まちがいなく覚えているように思えた。修馬も同じことを感じたようだが、どこの娘かをはっきりと伝えた。

「ああ、あのお咲ですかい。いましたねえ。上物《じょうもの》でしたよ」

ちろりから酒を注ぎ、うまそうに杯を干す。

「今、お咲はどこにいる」

「さあ、どこでしょうか」

「とぼけるのか」

「いえ、とんでもない」

市右衛門が杯を箱膳の上に置いた。

「お咲さんを引き取った人が誰かはむろん存じていますよ。その人がどこにお咲さんを住まわせているか、それは存じていない、と申したのです」

「だったら、お咲を引き取った者の名と住みかを教えろ」

「はい、よろしいですよ」

女衒はすらすらとしゃべった。

「田町《たまち》三丁目で薬種《やくしゅ》問屋をしている、庄五郎《しょうごろう》さんという人です」

薬種問屋か、と勘兵衛は思った。

「勘兵衛、行くか」

「ちょっと待った」

勘兵衛は、立ちあがろうとする修馬を制した。

「おい、市右衛門。念のためにきくが、お咲を引き取ったその庄五郎という者は、女郎宿とはなんの関係もないんだよな」

おっ、という顔を市右衛門がした。

「そこに引っかかるなんて、なかなか鋭いですねえ」

にやりと笑う。意外に人なつこい笑みだ。

「ええ、なんの関係もありませんよ。あっしが下町に住んでいるのはこの界隈に女郎宿がたくさんあるからですが、庄五郎さんの場合は売り先としては、いや、御徒目付さまの前で売り先というのはまずいですな、奉公先としては珍しいんですよ」

市右衛門がこういうのも当然で、公儀は人の売り買いを認めていない。法度なのだ。そのために、女郎宿などに女を売りつけるときは、半季奉公などといって奉公の形を取るのである。

「庄五郎には妾《めかけ》として売ったのか」

「そういうことです」

「いきさつは」

「庄五郎さんとは前から知り合いではあったんです。遊びのほうはお盛んですから、その手の店の関係で」

「金ははずまれたんだな」

「それはもう」

「いくらだ」

さすがに市右衛門はいやな顔をした。

「いわなければなりませんか」

「ききたいな」

「……百両です」

「ほう、すごいな。もし女郎宿に売りつけていたとしたら、お咲はいくらだった」

「そうですね。まず八十両、というところでしょうね」

二十両もちがえば、仮に先約があったとしても庄五郎のほうに話を持っていくのはもっともだろう。

「庄五郎は、前からそんなことをおぬしに頼んでいたのか」

「いえ、お咲という娘がはじめてでした」

市右衛門が思いだしたように首をひねる。

「そういえば、不思議に思ったことがあったんですよ」

「なんだ」

「どうも庄五郎さん、あっしのところにお咲という娘が買われてくるのを知っていたような気がするんです」

「どういうことだ」

「あっしが女郎屋に話をする前に話を持ってきた、ということですよ。そんな人ははじめてでした。お咲のことを、前から知っていたとしか思えないんですよ。それがあっしには不思議でしてねえ」

すっかり冷えてしまった酒を杯に注ぎ、市右衛門は一気に干した。

四

庄五郎の店は曽根《そね》屋といった。夜のとばりがすっかりおり、店は徐々に深さを増してゆく闇の底に眠るように閉まっていた。

女衒の市右衛門によれば、相当儲《もう》かっている店とのことだ。でなければ、お咲を妾にするのに百両、ぽんとだせないだろう。

市右衛門の家を出る前、勘兵衛は、妾の相場として百両は高いか、ときいた。市右衛門の答えは、やはり法外といっていいでしょうねえ、というものだった。

それだけの金をだして、お咲を妾にした。庄五郎という男の、お咲に対する執心を感じさせた。

「勘兵衛、よし、行くか」

ここに来て、修馬は張りきっている。

その気持ちは勘兵衛にもよくわかる。お咲という娘がお美枝を殺し、早苗を襲ったという確信は、勘兵衛の心にしっかりと根づいている。

時刻は六つ半をすぎ、五つに近いだろう。勘兵衛たちはかまわず、店のくぐり戸を叩いた。

「はい、どちらさまでしょう」

なかから警戒するような声が届いた。修馬が名と身分を告げる。まず小窓がひらいて勘兵衛たちの人相をうかがう目がのぞき、次いでくぐり戸がひらいた。顔を見せたのは手代らしい男だった。

「どのようなご用件でしょう」

徒目付と会うのははじめてのようで、緊張を隠せずにいる。

「あるじの庄五郎に会いたい」

「申しわけございませんが、あるじはただいま出ております」

「どこにいる」

「はい、同業者の会合で品川《しながわ》のほうに泊まりに」

さすがにこれから品川まで行く気にはなれない。

手代に、お咲という妾のことを知っているかきいてもよかったが、知らないように勘兵衛には思えた。それなら、ここは黙っていたほうが賢明だろう。

「明日、帰ってくるのか」

修馬が手代にきく。

「はい、お昼前には」

「では、その頃訪ねさせてもらおう。あるじには、出かけず待っているように伝えろ」

修馬がわざと尊大そうにいうと、手代は畏《おそ》れ入ったように深々と頭を下げた。

「は、はい。承知いたしました」

夜半から降りだした雨はやまず、小ぶりになったとはいえ、しとしとと降り続いていた。雪になることはないだろうが、冬らしい冷たい雨だ。

勘兵衛と修馬は、昼の四つ前には曽根屋にやってきていた。

「これは、おはやいお出ましですね」

昨夜の手代が驚いていた。

「この雨模様だ、あるじがはやく帰ってくるのではないか、と思ってな」

勘兵衛たちは客間に通された。

あるじの庄五郎は四つすぎには帰ってきた。雨に濡れた着物の着替えをすませて、勘兵衛たちの前に姿をあらわした。

「お待たせいたしました」

ゆったりとした仕草で座敷に入ってきて、静かに正座した。

顔は長く、大きい。鼻はずんぐりとして、ふもとが広い。目は穏やかだが、奥底にたたえられた鋭い光が油断のなさを垣間見《かいまみ》せている。いかにも内証《ないしょう》の豊かな店の主人という感じだ。

勘兵衛たちはあらためて名乗った。

「これはごていねいに」

一礼して庄五郎が目をあげた。

「して、どのようなご用でしょうか」

「妾のことだ」

修馬がずばりといった。

「お咲という妾についてききたいことがあって、まいった」

「お咲ですか。はい、確かに囲っておりますよ。かわいい女です」

庄五郎は穏やかに頬をゆるめた。好色さは覆い隠しようがなかった。

「百両で買ったそうだな」

どうしてそれを、といいたげに庄五郎が顔をゆがめる。

「お咲はどこにいる」

「あの、どうしてお咲のことをきかれるのです」

「ききたいことがあるからだ」

「はて、どのようなことでしょう」

「おぬしにいう必要はない」

「しかし、お咲は手前が養っている者でございます。手前には知っておくだけの理由があると思うのですが」

「それはおぬしが判断することではない」

修馬が冷たくはねのける。

「住みかを教えてもらおう」

「しかし」

「はやくいえ」

庄五郎はしぶしぶという顔で伝えた。

勘兵衛と修馬は席を立ち、曽根屋を出た。

「勘兵衛、ここにはまた来るような気がせぬか」

道に出た修馬が、薬種と看板が出た店を振り返る。

「俺もそう思う」

庄五郎からは、なにかしている、という感じが強くにおってきていた。それがなにかはわからないが、いずれまた足を運ぶことになるのはまずまちがいなさそうだ。

勘兵衛は蓑《みの》を着て、笠《かさ》をかぶった。侍に傘を差す習慣はない。修馬も同じ格好をしている。

「よし、行くか」

勘兵衛と修馬は、雨に濡れた道を進みはじめた。

お咲の家は、牛込御箪笥町《おたんすまち》にあった。

「ここだな」

きれいな一軒家だ。

「いい家を与えているんだな」

修馬がつぶやき、枝折戸の前に立った。

「いよいよだな」

高ぶりを隠せずにいる。

「勘兵衛、俺にはいくつか疑問がある」

勘兵衛には修馬のいいたいことは理解できた。

「きこう」

「お咲がお美枝を殺し、早苗どのを襲った者なら、どうして俺が富造をとらえる手伝いをしたのを知ったのかな」

「それはわからぬ。だが、とらえればわかるだろう」

「まだある。どうして俺と早苗どののことを知った。お美枝は頻繁に会っていたから、俺をつけまわせばすぐに知れただろう。だが早苗どのの場合はわからぬ。たった一度の逢い引きを見られたのか。ありえぬことではないとはいえ、ちと考えにくい」

「ずっと張られていたのかもしれぬな」

修馬が口をひん曲げて顔をゆがめる。

「ぞっとするな。もしそうだったら、そのことに気づかなかった俺も迂闊《うかつ》すぎる」

面を上げ、修馬が家に目をやる。

「いるのかな」

「とにかく入ってみよう」

修馬が枝折戸を押す。風に吹かれたようにゆっくりとひらいてゆく。

「ごめんよ」

庭のなかほどまで進んだ修馬が、目の前の障子に向かって声をかける。

しかし応《いら》えはない。

「あけるぞ」

修馬が大声でいって、障子に手をかけた。

障子があいたことで、なかに光が射《さ》しこんだ。そこは座敷だったが、誰もいなかった。

勘兵衛が見るところ、家のなかに人の気配はない。

「出ているようだ」

「どこに行ったのかな」

障子を閉めてから勘兵衛と修馬は庭を出て、近所の者に話をきいた。

話をきけたのは、斜向《はすむ》かいに住む女房だった。

「お咲ちゃん、朝からいないみたいですよ。ここ最近、よくあるんですけど」

「朝からよく出かけるのか」

「ええ、一度私は見たきりなんですけど、大きなたらいみたいなものを二つ、天秤棒《てんびんぼう》にぶら下げてましたから、どこか行商に出てるんじゃないかと思いますけど」

「行商だって」

修馬が不思議そうにする。

「人の妾なのにどうして行商なんかしなきゃならぬのだ。しかもこの雨だぞ」

「ああ、そうですよね」

納得したような顔で女房がうなずく。

「お咲ちゃん、お妾さんなんですよね。ほんとにどうしてそんなことするのかしら」

「理由をきいたことは」

修馬が女房に問いを続けているが、どういうことか、勘兵衛には理解できた。

「売り物はしじみだな」

勘兵衛がいうと、修馬が顔を向けてきた。

「どうしてわかる」

勘兵衛はそれには答えず、女房に礼をいった。その場を離れる。

勘兵衛は、お咲の家の枝折戸の前に立った。

「修馬の屋敷に最近出入りをはじめた、しじみの行商がいるだろう」

「ああ」

答えた途端、修馬がはっとする。

「それがお咲というのか。そういえば、若くてきれいな娘とおたまがいっていたな。だが、しじみはどうしているんだ。どこかでとっているのか」

修馬の言葉に勘兵衛は微笑した。

「そこまでせずとも、どこからか仕入れればいいんだ。仕入れずとも、ふつうにしじみの行商から買ってもいいな。売値など、はなからどうでもいいんだろうから」

「そこまでしたということは、つまり俺の屋敷を探索していたということか」

「そうだ。だから修馬が見合いをしたことも、台所の者から知れたんだろう」

「噂話の類《たぐい》か。そういうことか」

唇を嚙み締めつつ修馬がため息をつく。

「となると、お咲は今朝も俺の屋敷に行ったのかな」

「かもしれぬ」

「だが殺すんだったら、お美枝でなく俺にしてくれたらよかったのに」

「おぬしの心情はよくわかるが、やはりお咲は自分と同じ気持ちを、修馬に味わわせたかったんだろう」

くそっ。修馬が土を蹴りあげた。雨で足が滑り、勘兵衛は横で支えた。

「すまぬ」

修馬が顔をあげた。

「勘兵衛、どうする。このまま待つか」

「それしかなかろう」

降り続ける雨を蓑はしっかりと守ってくれているが、真冬の寒さは土に染みこむように体に入りこんでくる。

「修馬、そこのお稲荷《いなり》さんで雨宿りをしよう」

お咲の家から十間ほど離れたところに稲荷社がある。勘兵衛と修馬は小さな社《やしろ》の下に身を入れた。雨にじかに叩かれなくなっただけで、だいぶちがう。

勘兵衛たちは笠と蓑を脱いだ。

それから半刻ほどたち、雨脚が弱まってきた。空も明るくなり、あと少しで雨があがるだろうと思えた。

おや。勘兵衛は社の下で背伸びし、道を眺めた。雨のためにほとんど人けのなかった道に、人影が見えている。

蓑と笠で身をかためた女が道をやってくる。天秤棒でつり下げたたらいを持っている。

「来たな」

女を見つめて修馬がつぶやく。

「修馬、行こう」

勘兵衛たちは稲荷社を出た。枝折戸を入ろうとしていた女の前に立ちはだかる。

「お咲だな」

顔をしっかり見据えて勘兵衛は確かめた。

女が怪訝そうに見る。その目が修馬をとらえた。あっ、と口が動く。

蓑を脱ぎ捨て、懐に手を入れる。取りだされたのは匕首だ。

えい。気合をかけて突きだしてきた。

よせ。修馬がばしっとお咲の腕をつかむ。軽くねじり、匕首を奪い取った。

「放せっ」

怒号してお咲が必死に暴れる。

「もうあきらめろ」

冷静な声で修馬がいいきかせる。

「俺たちはついにおまえにたどりついた。お咲、もう終わったんだ」

修馬が手を放すと、お咲は崩れ落ちるように泥だらけの地面に座りこんだ。子供のように声をあげて泣きはじめる。

五

勘兵衛と修馬は、お咲を南町奉行所に連れていった。

七十郎や手塚は町廻りに出ていたが、お咲を牢に入れる手続きはすぐに終わった。

その後、七十郎から知らされたところでは、お咲は素直に調べに応じているということだった。

修馬が、富造の捕縛に手を貸したことをどうやって知ったのか。

そのことについても、お咲は話したという。


「ご浪人がご活躍だったらしいですよ」

そんな噂がお咲の耳に入ってきた。富造の捕縛に一人の浪人者が手を貸したのだ、と。

この浪人者がいなければ、富造は逃げきれていたのではないか。富造が命を懸けて盗んだ三十両があれば、弟は死んでしまったとはいえ、借金はきれいに消えて、きっと二人で暮らせたのに。

「俺がなんとかする。だからお咲ちゃん、心配するな」

富造の力強い言葉は、今も耳に残っている。

その富造は、一人の浪人者がつまらない功名心にはやったことで命を失ったのだ。お咲のなかでその浪人者に対する憎しみの炎は、否《いや》が応でも燃え盛ることになった。

富造さんの仇を必ず討ってやる。

逆うらみなのはわかっていた。しかし、お咲はどうしても許せなかった。

お咲は噂が本当なのか、富造が盗みに入った商家の若い手代にまずきいてみた。

手代は、お咲が問う前に浪人者の名を教えてくれた。

「山内修馬さんといいます。三十両を取り戻してくれたおかげで、うちの店は傾かずにすみましたよ。お礼として三両、お支払いいたしましたけれど」

お咲は山内修馬という名を胸に刻みつけた。

調べてみると、修馬は、元造というやくざ一家の用心棒をつとめているのがわかった。

その後、お咲は曽根屋庄五郎の世話になり、妾としての暮らしをはじめた。

お咲のために借りた家に、庄五郎がやってくるのは月に一度か二度でしかなかった。

お咲にはたっぷりときがあった。

それを利用して修馬の身辺を探り、仇を討つ機会をつくろうとしたが、さすがに用心棒をやるだけのことはあって、修馬には隙《すき》がなかった。

いい考えがまとまらずにいるとき、修馬にはお美枝という女がいるのがわかった。修馬の許嫁とのことだった。

お咲は、二人の仲むつまじいところを何度も目にした。お美枝の笑顔が、鼻についてならなかった。いかにも幸せそうで、すべてを修馬に預けているといったふうがはっきりと見えた。

そのなんの屈託も不安も感じさせない明るい笑顔が、どうしても許せなかった。

あの顔は、昔の自分と同じだった。ならば、私と同じ目に遭わせてやる。

お咲は修馬から狙いを転じ、お美枝に的を定めた。

ある日、お美枝が本八屋という金貸しのところに長居をし、帰りがおそくなった。夜は十分すぎるほど満ちており、提灯を持たないお咲をくるむように隠してくれた。

お咲は冷静だった。必ず殺す、という気持ちだけでお美枝のうしろ姿を追った。

そして、ついにときは訪れた。お美枝が道で一人になったのだ。

その機を逃さず、お咲は襲いかかった。

お美枝は悲鳴をあげて、路地に逃げこんでいった。お咲は追いかけ、飛びかかるようにしてお美枝を地面に押し倒した。

膝でお美枝の両肩を押さえつけ、お美枝を見おろした。闇のなか、どこからかうっすらと寄せてくる薄明かりに、恐怖でひきつるお美枝の顔が見えた。

このとき、どうやって殺すのか手立てをまったく考えていないことにお咲は気づいた。殺すつもりでいるのだったら、包丁くらい懐に忍ばせてくれればよかった。

自らの迂闊さにお咲は呆然とする思いだったが、もはやあと戻りはできなかった。腕に力をこめ、お美枝の首を絞めはじめた。

お美枝は必死にもがいたが、やがて寿命を迎えた蟬《せみ》のように動かなくなった。

それでもお咲は油断せず、腕に力を入れ続けていた。

お美枝が死んだのがはっきりとしたあと、お咲はお美枝の体の上でよろめきそうになった。あわてて力を入れて、こらえる。

お美枝は目をあいていた。なにも見えなくなった瞳には、どうしてこんなところで死ななければならないのか、という驚きが刻まれているようだった。

人を殺してしまった。お咲は自分が人でなくなったように感じたが、それも一瞬で、またもしあの男に女ができたら同じ目に遭わせてやる、と心に誓った。

人を殺したというのに、不思議と番所の役人につかまる気はしなかった。

その後、山内修馬は徒目付になり、日常がつかみにくくなった。

それでお咲が考えついたのが、しじみの行商だった。修馬のことを台所の者から知ろうとしたのだ。

しじみはむろんとりに行ったわけではなく、行商人から買い取ったものだ。

修馬が、同じ番町に住む早苗という娘と見合いをしたことは台所の者から知った。その見合いがうまくいきそうなことも。

となると、その早苗という女が山内修馬の妻になるということになる。

お咲のなかで、またも殺意がむっくりと鎌首《かまくび》をもたげた。

早苗のことを調べてみた。早苗はびっくりするほど美しい娘だった。

早苗はある旗本の妻女に茶を習っているのがわかり、その帰りに狙うのがいいのでは、とお咲は思った。

そしてお茶の稽古に行った早苗をつけ、その帰り、暗くなったところを襲った。今度は匕首を握っていた。

背後から忍び寄り、早苗に向けて匕首を突きだした。やった、と思ったが、早苗はよけていた。また匕首を振るったが、今度はあっという間に投げられた。

地面で腰をしたたかに打ち、お咲はそのあまりの痛さに気を失いそうになったが、早苗が自分をとらえようとしているのをさとり、必死に匕首を振りまわした。

そのために早苗が離れてゆき、その隙に立ちあがることができた。

しかし、これ以上は無理だった。自分には早苗を殺すことはできない。早苗は茶だけでなく、柔も習っているのだ。

お咲は悔しさを噛み殺しつつ、その場を去るしかなかった。

追ってくるかと思ったが、供の者を押し倒したのがよかったか、早苗は追いかけてはこなかった。そのことにお咲は安堵した。

そのあとは、二度と早苗を狙おうとは思わなかった。やったところで、またしくじるのは見えている。

鬱々《うつうつ》として日々をすごした。ただし山内家にしじみを売りに行くのは、怠らなかった。もはや山内修馬に狙いをしぼるしかない、と判断したからだ。

しかし、しじみ売りから帰ってきた途端、家に山内修馬ともう一人、頭の異様に大きな侍がいるのには驚いた。

つかまえに来たのだ、と察し、ここで殺してしまおうと匕首を抜いたが、所詮《しょせん》は詮ないことだった。

今、目の前にあの頭の大きな侍がいる。町奉行所の穿鑿《せんさく》部屋にお咲は座らされていた。

「お咲、おまえな」

侍が穏やかな声でいう。

「まったく的はずれの男にうらみを抱いていたのかもしれぬぞ」

その声には深みがあり、心に素直に溶けこんでくるような響きがあった。お咲にはその言葉が嘘とは思えなかった。

「どういうことです」

「わかったら、教えよう」

侍は静かに穿鑿部屋を出ていった。

六

「お頭、お話があります」

勘兵衛は修馬とともに城に戻り、麟蔵の前に腰をおろした。

「話せ」

「とらえたお咲のことですが、どうも裏がある気がいたします」

麟蔵は黙って耳を傾ける風情だ。

「お咲を妾として囲っている薬種問屋の曽根屋庄五郎が怪しいと思われます」

「どういうことだ」

「今はまだなにも。それがしの勘です」

麟蔵が見据えてきた。

「よし、信じよう。調べてみろ」

は。勘兵衛と修馬は立ちあがろうとした。

「勘兵衛。その後、梶之助の気配はないか」

麟蔵がきいてきた。その目に案ずるような光があるように見え、勘兵衛ははっとして見直した。その瞬間には、麟蔵の目は無表情なものになっていた。

「今のところは」

「注意を怠るなよ」

「承知いたしました」

勘兵衛と修馬は城の外に出た。真冬とはいえ、今日は穏やかな日和だった。風もあたたかで、とびかう雀《すずめ》のさえずりも、いつもよりかしましく感じられた。

「ところで勘兵衛、お頭にはお咎めはないのだよな」

「米倉久兵衛の一件に関してか。なんだ修馬、知らなかったのか。そうだ、なにもなしだ」

「よかったな」

「ああ、本当によかった」

勘兵衛は実感をこめて口にした。

「それにしても、曽根屋は怪しいよな。勘兵衛、引っかかったのは、女衒の市右衛門に庄五郎がお咲の話をねじこんできたことか」

「ああ。市右衛門が女郎屋にすらまだ話していなかったお咲のことを、どうして知ることができたのか」

「どういうことだと思う」

「仕組まれていた、としか考えられぬ」

「つまりどういうことだ」

「医者の順唱が絡んでいたのではないかな」

修馬はまだどういうことか、わかっていない顔をしている。

「曽根屋庄五郎は、はなからお咲を借金まみれにするつもりだった、ということではないのか」

それをきいて修馬が驚く。

「ということは、順唱が高い薬を与え続けたというのは、庄五郎の命だったのか」

「お咲の弟は、最初は風邪だったということだよな」

勘兵衛がいうと、修馬が表情をゆがめた。

「毒を盛ったのか」

「十分に考えられる。八郎左衛門の主人だった本力屋《ほんりき》の力蔵《りきぞう》も、同じ手で命を縮められたよな」

八郎左衛門は、修馬の許嫁だったお美枝の育ての親だ。その八郎左衛門を奉公人として育てあげたのが、力蔵だった。

八郎左衛門とともに本力屋で働き、力蔵の養子となった為之助《ためのすけ》と医者の法仙《ほうせん》の手によって力蔵は毒殺されたのだ。

「庄五郎の狙いは、お咲を妾にすることだったのだな」

「お咲に許嫁がいなかったのならじかに妾の話を持っていってもよかったが、お咲には富造がいた。だが庄五郎はあきらめなかった。順唱を金で抱きこみ、お咲を我がものにする手立てを考えたんだ」

「となると、お咲の本当の仇は曽根屋庄五郎ということになるな」

「そういうことだ。お咲に代わって、俺たちの手で仇を討ってやろう」

「わかった。それで勘兵衛、どうやって曽根屋を攻める」

「どうやってか。ふむ、証拠はなにもないからな」

「ずいぶん気弱ないい方をするではないか。引っぱって、吐かせればよい」

「口を割らなかったら」

「割らせてみせる」

いや、といって勘兵衛はかぶりを振った。

「まだ無理はしたくない。証拠がないのは庄五郎も承知しているだろう。きっとしらを切り続けるぞ。そうなったら、攻め手がなくなる」

「順唱はどうだ。やつなら落とせるのではないか」

修馬が新たな提案をした。

「かもしれぬが、意外にしぶとく、のらりくらりといい逃れを続けるかもしれぬ」

「確たる証拠を見つけるしかないのか」

「証拠があるかな」

「なんだ、勘兵衛。だったら、どうするというんだ」

勘兵衛は修馬をじっと見た。

「修馬、証拠を握る手立てを考えよう」

「手立てだと。どのような」

「それはこれからだ。庄五郎や順唱のことをもう少し調べてみぬとならぬな」

勘兵衛と修馬は、まず庄五郎の妾のことを調べた。

庄五郎は、お咲以外に二人の妾を囲っていることが判明した。この二人は口入屋《くちいれや》からの斡旋《あっせん》で妾としていた。これは通常の方法で、別段怪しいところはない。

「お咲に限って汚い手を用いたのは、よほど執心だったからだな。どこでお咲のことを知ったのだろう」

「お咲の働いていた一膳飯屋だろう」

「なるほど、そういうことか」

次に勘兵衛たちは順唱のことを調べた。

腕は悪くない、という評判だった。名医と呼ばれるほどではないが、町人たちが病となれば駆けこんでくる存在だ。

お咲の一家も、順唱をかかりつけの医者としていた。

「となるとだ、勘兵衛。庄五郎は順唱がお咲の家族を診ていたことを知っていて、抱きこんだということになるな」

「そうだろう」

「順唱はお咲の弟の毒殺が露見したら、死罪になるのはわかっているよな。それなのに、どうして庄五郎の策略に乗ったんだ」

「金かな」

順唱には妻と二人の子供がいた。子供はまだ幼く、六歳と四歳だった。

「子供がいるのに、あの医者はそんなことをしたのか……」

修馬が吐息まじりにいう。

「とにかく修馬、順唱の調べを続けよう」

すぐに、順唱が博打《ばくち》にはまっているのが知れた。一度大きな借金があったが、それは十ヶ月ほど前に完済されていた。

その借金は二十三両だったが、どうやって順唱が都合したのか、順唱が通い続けている賭場のやくざ者は知らなかった。

そのやくざ者によれば、今もまた以前と同じような大きな借金を順唱は抱えつつあるとのことだ。

それがわかって、勘兵衛には手立てが見えた気がした。

「おっ、勘兵衛、なにか思いついた顔だな」

「まだはっきりとはせぬが、わかったような気はする」

言葉とは裏腹に、勘兵衛の顔には自信がみなぎっている。

七

びゅう、と音を立てて風が吹きつけてきた。

順唱は首をすくめた。せっかくの湯屋の帰りなのに、湯冷めしそうだ。

これから家に戻って夕餉を取り、それから賭場に向かうつもりでいる。

賭場のことを考えたら、気分がうきうきしてきたが、ふくれつつある借金のことを考えたら、足が重いような気持ちにもなってきた。

借金はすでに十五両にもなっている。前に背負った借金にくらべればまだましといえるのだが、このままでいくといずれあっさりと越えてしまうだろう。

その前になんとかしなければ。

妻子がある以上、博打などやめて真っ当な暮らしをしなければならないのはわかっている。だが、夜になると、どうしても賭場に足が向いてしまう。

病だ。順唱は、賭場の魔力に取りつかれている。

いくつも灯る大ろうそく、煙管《キセル》の煙が立ちこめる本堂、立ちのぼる熱気、やくざ者のあおる声、壺振《つぼふ》りに向けられる刃物のような眼差し、丁半駒《こま》そろいましたとの声、壺があげられる瞬間。

そのいずれもが、順唱の心をとらえて放さない。

やめられんな、と歩きながら順唱は思った。あれから逃れるのは無理だ。あるとしたら、それは一つ。死のみだ。

死、と考えて、風が吹いたわけではないのに順唱はぶるっとした。毒を与え続けた男の子のことを思いだした。

報いが必ず来るような気がしてならない。金に目がくらんだが、人として、やってはならぬことをしたとしか今は思えなくなっている。

しかし、あのときはどうしても金がほしかった。だから、曽根屋の頼みを断ることができなかった。

曽根屋を脅そうか。そんな思いが頭をよぎったこともある。そうすれば、新たな金を引きだせるかもしれないと考えて。

実際に一度、曽根屋を訪ねて金を無心したことがある。

「順唱さんがその気なら、こちらにも考えがありますよ。手前は御番所《ごばんしょ》に行ったっていいんです。死はとうに覚悟しておりますから」

そこまで居直られて、順唱はそのあとの言葉をなくした。すごすごと帰るしかなかった。庄五郎にそんな覚悟があるはずがなかったが、やはり御番所という言葉は効いたのだ。

また風が吹きつけてきた。寒いな。つぶやいて、順唱は家路を急いだ。

「あの、順唱先生ですか」

いきなり横合いから声をかけられ、順唱はそちらを見た。道端に、提灯を手にした若い娘が立っていた。

「なにかな」

提灯が近づいてきた。順唱ははっとした。提灯の明かりに照らされた娘の顔がとてもきれいだったからだ。

特に目元の美しさはどうだ。濡れているように見える。鼻筋も通り、形のよい唇はほどよく引き締められている。

こんなに美しい娘を見るのは、久しぶりだった。

「あの、診ていただきたいのですけど」

「誰をかな」

声が少し震えた。順唱には期待がある。お咲と同じであってくれ。

「弟です」

やった。万歳をしたいくらいだ。

「もう三日も腹痛が続いているんです」

「どうして三日もほっといたのかな」

「お金がないものですから。でも弟の苦しみようを見ると、このままだと死んでしまう、と思って、先生のところに行ったんです。そしたら、いま湯屋に行っているといわれたので、ここで待っていたんです」

「そうか」

順唱は重々しくうなずいてみせた。

「お金のことは心配いらないよ。そのあたりのことは、あとでどうとでもなるから。それで、家はどこなのかな」

「すぐ近くです」

「では、ここで待っていてくれるかな。薬箱を持ってくるので」

娘をそこに待たせて、順唱はあわてて家に戻った。お客がありました、と妻がいう。わかっておる。いい返して薬箱を手に、順唱は夜道を走った。

急がないと、なぜかあの娘が消えてしまうような気がした。それだけ、娘の美しさは人間離れしていた。

あの娘なら、お咲を失ったばかりの庄五郎は飛びつくにちがいない。あれだけきれいな娘を庄五郎が抱くのか、と思ったら、妬心《としん》が体を焼いた。

いいや、これは商売だ。今度は大枚をむしり取ってやる。この前みたいに、包み金一つというわけにはいかんぞ。三倍はもらわんとな。

順唱は必死に駆けた。

幸いにも、娘はその場にいた。ほっとする。

「さあ、行こうか」

順唱は娘の先導で歩きだした。

「娘さん、あなたはなんといわれるのかな」

「こう、と申します」

「おこうさんか。きれいな名じゃな。それで手前のことはどこできかれた」

「近所の人たちです。私たち、最近越してきたんです。子供の病を治す名医とうかがいました」

「名医か。そんなこともないがの」

おこうという美人に持ちあげられて、順唱はいい気分になった。

連れてこられたのは、裏店《うらだな》だった。どぶくささがひどい路地が、闇に沈んでいた。

一軒の店《たな》の障子をおこうはあけた。

「こちらです」

おこうがあがり、行灯をつけた。

「では、失礼するよ」

順唱はおこうのあとに続いた。四畳半が一つあるだけの店だ。家財らしいものはほとんどない。

部屋のまんなかに男の子が寝ていた。歳は五つくらいか。おこうの弟にしては歳が離れているが、このくらいはよくあることだ。気にするほどではない。

息が荒く、汗を一杯にかいている。おこうが手ぬぐいで汗をふいてやった。

順唱は男の子の脈を取り、腹を探った。別にかたいところもしこっているところもない。子供らしくやわらかだ。内心、首をひねらざるを得ない。正直、腹痛の原因はわからなかった。

「今、薬を処方して進ぜよう。おそらく風邪からくる腹痛だろう。しかし油断はできんので、明日、特効薬を持ってくる」

「特効薬ですか。高いのでは」

おこうは目をみはっている。そんな表情もすばらしく美しかった。

「お金のことは今はいい。弟さんを治すことこそ、最も大事なことではないかね」

「は、はい、おっしゃる通りです」

順唱は薬箱をあけ、薬の処方をしようとした。それをおこうがとめた。

「今日は先生、薬のほうはいいです。明日、その特効薬を処方していただけませんか」

「しかしこんなに苦しんでいるのに」

「いえ、今日は本当にいいんです。せっかく眠っているのに、起こすのは忍びないものですから。この子、ずっと眠れないでいたんです」

「さようか。ならば、無理強いはするまい」

順唱はおとなしく腰をあげた。処方しようとしていたのは、砂糖を含んだ甘い薬だ。腹痛に効き目があるものではない。なにしろここで治ってしまっては困るのだ。

おこうの長屋を出た順唱は、まっすぐ足を曽根屋に向けた。

翌日、昼前に順唱はおこうの長屋を訪れた。

曽根屋庄五郎自ら調合した薬が薬箱には入っている。これを飲ませれば、だんだんと弱ってゆき、やがて一月《ひとつき》くらいで死に至る。

曽根屋はおこうの美しさをきき、顔を見たがった。しかし、順唱はおこうの住みかを教えなかった。このまま見せないことで庄五郎の気持ちをあおり、どんどん値を釣りあげてゆくつもりだった。

この長屋に来るまでも、あとをつけている者がいないか、何度も確かめている。もっとも、同じ方向へ歩いている町人や侍がいくらでもいて、つけている者がいたとしても、順唱にはさっぱりわからなかった。

昨日と同様、おこうの弟は寝ていた。寝息がずいぶんと穏やかになっている。

「ほう、だいぶよくなっているようじゃの。この薬を飲ませれば、完全に快方に向かうからな」

枕元に姿勢よく正座しているおこうにいってから順唱は薬箱をひらき、いそいそと特効薬を取りだした。

「どれ、おこうさん、弟さんを起こしてもらってもよいかな」

はい、とおこうがうなずき、弟を揺り動かした。

「幸吉《こうきち》、起きて」

うん、と弟が寝ぼけた声をだし、うっすらと目をあけた。

「なに、姉ちゃん」

「お薬よ」

「いやだよ」

困った顔でおこうが順唱を見た。

「飲まなきゃ駄目だよ」

幸吉の顔をのぞきこんで、順唱はやさしくいった。

「やだよ」

「飲まなきゃ、よくならないよ」

「おいら、どこも悪くないもん」

順唱は辛抱強く首を振った。

「これを飲めば、おなかの痛みは消えるから」

「おなかなんか痛くないよ」

「今はいいけれど、飲まないとまたぶり返すよ」

「だって本当に痛くないもん」

「飲まないといけないよ。医者のいうことは、きかなきゃいかん」

順唱は怒鳴りたくなるのを、おこうの手前、必死に抑えこんだ。

「先生、こんなにいやがっているのですから、やめたほうがよろしいのでは」

おこうが弟を憐れんでいう。

「おこうさんまでなにをいわれるのかな。せっかく特効薬を持ってきたというのに」

「そのお薬、本当に効くのですか」

「それはもう」

「ならば――」

おこうの瞳がきらりと光を帯び、口調ががらりと変わった。

「あなたがこの薬を飲んでみなさい」

なんだ、と順唱はおこうのあまりの変わりように息をのんだ。

「い、いや、わしは腹は痛くないのでな」

「でしたら、あなた、自分の子がおなかが痛いとき、この薬を飲ませられますか。六つと四つの男の子でしょう」

「どうしてそれを」

「いろいろと調べさせてもらったのです」

「どうしてそのような真似を」

「調べる必要があったからさ」

男の声がし、順唱は驚いて土間を見た。侍が立っていた。

見覚えがあるような気がする。どこで顔を見たのだろう。

そうだ、と順唱は思いだした。つけている者がいないか振り返って確かめたとき、五間ほど離れてうしろを歩いていた侍だ。

まさか庄五郎の手の者か。だが、しかし。

「お侍は」

腰を浮かせて順唱はたずねた。

「こちらは御徒目付さまよ」

すぐさまおこうが説明する。

「御徒目付ですと」

侍が一瞥《いちべつ》をくれてきた。

「俺からもきくが、おまえ、その薬を自分の子に飲ませられるのか」

「えっ、は、はあ」

「どうなんだ」

順唱は答えられず、うなだれるしかなかった。まさか、この薬の秘密が徒目付にばれているということなのか。信じられない。いや、そんなことがあるはずがない。どこかばれるというのだ。

「おまえ、いろいろ金が入り用みたいだな」

そこまで知っているのか。順唱は愕然とする思いだった。

徒目付がおこうに眼差しを転じた。

「早苗どの、ありがとう。助かった。あとはこの医者をこの薬とともに奉行所に引っぱってゆく」

奉行所という言葉が重く響いたが、それ以上に早苗、という名が順唱の心に残った。

「そうさ、この人の本名は早苗というんだ」

徒目付が順唱の思いを読んだようにいう。

「いったいどういうことなのです」

叫ぶようにいった。なにがどうしてこうなったのか、順唱にはさっぱりだ。

「おまえ今、どういうことです、ってきいたのか」

徒目付が両肩を震わせ、すごむ。

「もうとうにわかっているだろうが。おまえ、お咲の弟をその薬を盛って殺したな。その調べさ」

げえっ。順唱は、喉の奥から妙な声が出たのを覚えた。

「進吉、ご苦労だったたな。あとで駄賃をやるから、みんなで楽しみにしていてくれ」

「たくさんちょうだいね」

「まかしておけ」

その言葉をきくや、進吉が布団からぴょんと立ちあがった。その身ごなしには、病の影などかけらもなかった。

「さあ、行くぞ」

徒目付に腕を取られる。順唱はあらがいたかったが、力がまったく入らなかった。

長屋の外に出た。ぎょっとした。路地に頭が異様に大きな侍が立っていたからだ。

「勘兵衛、完璧《かんぺき》だな」

徒目付が頭の大きな侍に笑いかける。

「まだ終わってはおらぬぞ。曽根屋が残っている」

「そうだったな」

そんなやりとりのあと、順唱は南町奉行所に連れていかれた。

町奉行所の役人による取り調べは厳しかった。順唱は薬というごまかしのきかない証拠を握られ、どうすることもできなかった。

曽根屋庄五郎との関わりも、すべて吐くしかなかった。

八

順唱と曽根屋庄五郎は、死罪になった。庶民に科せられる刑としては、首をさらす獄門に次いで重い刑だ。

家産はすべて没収され、首を斬られた死骸はためし斬りにされる。死骸の引き取りは許されない。当然のことながら、曽根屋は潰れた。順唱の妻子も、親戚を頼って江戸を去っていった。

お咲は下手人となった。死罪より軽いが、首を斬られるのは死罪と変わらない。死骸の引き取りは許され、家産の没収はない。

順唱と曽根屋庄五郎が獄門に処されたのは当たり前だが、お咲にも死が与えられたのは仕方のないことだった。お美枝を殺した事実は、動かしようがないものだからだ。

お咲はことの真相を勘兵衛から告げられたとき、おびただしい涙を流した。

「お美枝さんには本当に申しわけないことをしてしまいました。あの世で謝れるものなら謝ります。謝ったところで許していただけないでしょうけれど」

体を丸め、延々と泣き続けた。

勘兵衛の脳裏には、その姿が今でもくっきりと残されている。

「勘兵衛」

横を歩く修馬が呼びかけてきた。

「とにかくよかったよ。望ましい結末とはいえなかったが、お美枝もきっと納得はしてくれるだろう」

勘兵衛と修馬は町の見まわりを続けた。昼には蕎麦切りで腹を満たし、それから奉行所にも寄った。

徒目付が来たということで、七十郎や手塚以外の者には煙たがられるのははっきりしていたので、早々に外に出た。

それからまた町をめぐった。冷たい風が吹いてはいたが、町には活気があった。行商人や商人が行きかい、荷駄《にだ》をのせた馬や荷を満載にした大八車《だいはちぐるま》が行きすぎる。立ち売りの者たちが声を張りあげる。

「いいものだな、勘兵衛。江戸は平和だよな。いや、勘兵衛にはまだ平穏は訪れぬか。上田梶之助がいるな」

顔をしかめて修馬が空を見あげた。

「どこかこの空の下にいるんだろうが」

勘兵衛は修馬につられなかった。一人の遊び人らしい、やや崩れた格好をした男が近づいてきたからだ。

勘兵衛の頭を見て、この人だな、というように深くうなずいた。

「あの、久岡さまですかい」

きかれて勘兵衛は男を注意深く見た。

「そうだ。おぬしは」

「ちょっと頼まれごとをしたものですから」

男は懐から文らしいものを取りだし、差しだしてきた。

「こいつですよ」

勘兵衛は受け取った。

「確かにお渡ししやしたぜ」

男は一礼して、足早に行きかう者たちのなかに姿を消した。

「誰からだ。なんと書いてある」

誰の手紙かは記されていない。予期はできた。勘兵衛は黙って封をひらいた。

『今日の夕方、下渋谷村で待つ』

それだけが記されていた。

「俺にも読ませてくれるか」

うむ、とうなずいて勘兵衛は手渡した。

「上田梶之助か」

一瞬で修馬が読みくだす。

「下渋谷村のどこだ」

「行けばわかるんだろう」

「行くのか」

「むろん」

「よし、それなら捕り手を引きつれていこう。やつをとらえてやる」

「修馬、それはよせ」

「なにゆえ」

「やつは俺が一人で来なかったら、姿をあらわすまい」

「だがこの文には、一人で来い、とは書いてないぞ」

「書くまでもない、と考えているのさ」

「勘兵衛、俺はついてゆくぞ」

「やめておけ」

「だが――」

「いいんだ、修馬。やつとは一対一で決着をつけなければならぬのだ」

勘兵衛は腰の刀に手を置いた。長脇差とはちがう、重みが伝わってくる。いつ梶之助に襲われるかわからず、その備えとして、ここ最近、勘兵衛は刀を帯びていた。

「修馬。行ってくる」

勘兵衛は歩きだした。

修馬はその場を動かない。強い眼差しを勘兵衛の背中に浴びせている。勘兵衛は背中が痛いくらいだった。

勘兵衛は立ちどまり、修馬を見返した。必ず帰ってくる、と目で伝えた。

すでに日は暮れかけている。残照がかろうじて西の空を橙色《だいだいいろ》に染めているだけだ。

「さて、やつはどこにいるのかな」

まわりを見渡して勘兵衛は独りごちた。恐怖がないことはないが、負けぬ、と強く思っている。

ただ一度負かしているにもかかわらず、梶之助がこれだけ強気になっているのは、なにか秘剣でも手に入れたからだろう。

それがなんなのか勘兵衛は、見極めてやろう、という気持ちになっていた。

下渋谷村と一口にいっても広い。ほかの村と重なるような飛び地もある。あたりは田畑や林、小高い丘などが連なっている。人家はちらほらといくつか見えるだけで、家がかたまっているような村は見えない。

勘兵衛は適当に人けのない道を歩いた。そうすれば、上田梶之助があらわれるような気がした。

下渋谷村に入って三町も行かないうちに、二十間（約三十六メートル）ほど先に人影が見えた。小柄だ。そこにたたずんで動かない。

「よく来たな」

勘兵衛が近づいてゆくと、妙に明るい声をかけてきた。

「感心だな、よく一人で来た」

「当たり前だ」

「来なければ、おまえの家族を殺してやろうと思っていた」

まあ、そんなところだろうな、と勘兵衛は思った。

「おまえとは前世からの因縁があるようでな。おまえを殺さぬと、俺はどうやらこの先、生きていけぬ」

勘兵衛はそんな因縁など感じていない。一度剣で敗れた者が、単に復讐を果たそうとしているにすぎない。

「ついてこい」

梶之助がくるりと背を向けた。さっさと歩いてゆく。

勘兵衛は距離を置いてついていった。

一際鬱蒼《ひときわうっそう》とした森といっていい林のなかに梶之助は入りこんだ。木々を縫《ぬ》って、林のなかに進んでゆく。

やがて足をとめたのは、せまい草原だった。まわりは大木ばかりだ。

勘兵衛も立ちどまり、梶之助と五間ほどの距離を取った。

「よし、やるぞ、久岡勘兵衛」

梶之助が吠《ほ》えるようにいう。

「決着をつけてやる」

「決着はもうついているだろう」

勘兵衛は静かにいった。

「この前、おまえは俺に負けている」

梶之助が、ぎらりと瞳に太陽のような光を灯らせた。

「たまたまだ。今回はそうはいかぬ」

梶之助が刀を抜いた。すでに日は暮れ、残照の最後のひとしずくも林には入ってこない。暗さのなかでの戦いだ。

どうしてかな、と勘兵衛は思った。暗さがほしいのか。だとして、どういうことなのか。考えても仕方なかった。

梶之助が一気に距離をつめてきた。この前戦ったときより、さらに足がはやくなっていることに勘兵衛は気づいた。

勘兵衛が顔をあげたときには、梶之助は宙を飛んでいた。そこから刀を振りおろしてくる。

勘兵衛は負けずに刀を振りあげた。ぎん、と刀が打ち合う鋭い響きが夜を引き裂く。

しゅっ、となにか音がした。なにも見えなかったが、梶之助がなにかを飛ばしたのだ。

飛び道具か、と勘兵衛は思った。顔を振った。左耳をなにかがかすめていった。軽く痛みが走る。

手裏剣か。勘兵衛はぞっとした。だからこの暗さを選んだのか。

勘兵衛は梶之助の姿を捜した。背後に人の気配。

勘兵衛は振り向きざま、刀を振るった。そのときには逆から刀が振りおろされていた。

そうだった。勘兵衛はその刀を弾き返して、思った。この梶之助の動きのはやさに、この前も幻惑されたのだ。

やつはわざと気配をあらわにしては勘兵衛を誘い、その逆を取っては攻勢に出ることを繰り返したものだ。

だまされるものか。勘兵衛は梶之助の気配に惑わされることなく、刀を振るい続けた。

しかし、なかなか梶之助の姿を見つけることができない。暗さも手伝い、こうなると、身動きのすばしこい梶之助のほうが有利だった。

完全に梶之助の庭に引きこまれた自分を、勘兵衛は知った。

それでも刀対刀なら、やられない自信はあった。厄介なのは、ときおり梶之助が飛ばしてくる手裏剣だ。

この暗さのなか至近で投げてくるため、まったく見えない。見えたときには、額に突き刺さっているだろう。

よけられぬ、と思ったが、勘のよさだけで勘兵衛はかわし続けていた。

手裏剣を飛ばして、梶之助が正面から突っこんできた。勘兵衛は体をひねって手裏剣をかわした。

梶之助がその隙を狙って、刀を振りおろしてきた。勘兵衛はがっちりと受けとめた。

鍔迫り合いになった。梶之助はぐいぐい押してくる。勘兵衛は押し返した。

梶之助がすっと横にずれる。勘兵衛はわずかに前に出た。かすかにつんのめる感じだった。

そこに上から刀が浴びせられた。

勘兵衛は無言の気合とともに打ち返した。自分でも驚くような強烈な振りになった。

まともに受けた梶之助の体が大風にでものったように浮きあがる。

さすがに伝来の剛刀だった。

勘兵衛はその機を見逃さず、上段から刀を見舞った。梶之助は蛙《かえる》のようにはね、勘兵衛の斬撃をかわした。

梶之助の腕が動く。またも手裏剣が飛んできた。勘兵衛は刀で打ち払った。

梶之助は、いったいいくつの手裏剣を懐にのんでいるのか。厄介な飛び道具だ。

梶之助が横に走った。勘兵衛は見失うまいとして目を横に滑らせた。

しかし梶之助は視野からあっという間に消え去った。くそっ。

いや、毒づいている場合ではなかった。背後に気配を感じた。これは、次に前から襲いかかってくるための布石なのか。

勘兵衛は迷った。うしろから刀が一気に落とされる。

勘兵衛は前に体を投げだすしかなかった。斬られたのを覚悟したほどの際どさだ。

勘兵衛は土の上でくるりと一回転して、立ちあがった。梶之助の姿を目で求める。

またも背後に気配が立ちあがった。勘兵衛は刀を振りまわした。しかし空を切った。

右手に影があらわれた。刀が胴を狙ってきた。

勘兵衛は刀を振り落とし、がきん、と受けた。すぐさま梶之助が離れてゆく。勘兵衛はその姿を追った。

梶之助の足さばきにおくれることなく、走る。間合に入れた。勘兵衛は迷わず刀を打ちおろした。

梶之助は横に跳んで避けた。勘兵衛はさらに刀を横に薙《な》いだ。梶之助は刀でこれを弾いた。

二人は三間の距離を置いて対峙した。

さすがに勘兵衛は疲れている。梶之助も同じだろう。互いに息を入れざるを得なかった。

梶之助が勘兵衛をじっとにらみつけている。目を動かすことなく懐を探っている。またも手裏剣か。

しかし暗い。暗すぎる。これまではすべて弾き、かわしたが、次はもう無理かもしれない。手裏剣にはそれだけの恐怖がある。

いや、ちがう。息を入れてしばらくしてから、勘兵衛は体中が痛いのにはじめて気づいた。

これは手裏剣に、さまざまなところをかすられたからだろう。よけたと思っていたが、よけきれていなかったのだ。血もだいぶ出てきているようだ。着物が重くなりつつある。

くそっ。このままでは、いずれ命を奪われる傷を与えられるにちがいない。仮にそこまでいかなくても、動きを鈍くさせられる傷を受けてしまうだろう。

そうなれば、もうおしまいだ。ついには動けなくなる。山犬の群れに囲まれた、傷ついた子鹿《こじか》も同様だろう。

勘兵衛はわずかに腰を落とした。三間先にいる梶之助の顔に、なにかこれまでとはちがうものが浮かびあがっている。

勘兵衛は目を凝らした。

決意だ、とさとった。梶之助の顔には決意が見て取れるのだ。

なんの決意なのか。ついに秘剣を繰りだすつもりなのか。

見極めてやる、と勘兵衛は思った。

勘兵衛の覚悟を読み取ったのか、梶之助がだんと土を蹴った。同時に腰を沈め、腕をすばやく動かした。

三日月のような物が飛んできたのがわかった。勘兵衛は頭を下げることで避けた。なんだ、今のは。三日月は着物をかすめることなく、背後に飛び去っていった。

梶之助が正面から突っこんでくる。袈裟に刀が振りおろされる。

勘兵衛はまともに刀を合わせていった。きん、と火花が夜にはね、一瞬、梶之助の顔がくっきりと浮かびあがった。

勘兵衛はぎょっとした。梶之助はかすかに笑みを浮かべていたのだ。

なんの笑いなのか。余裕のあらわれか。いや、そうではないような気がした。

これは、と勘兵衛はさとった。うまくいったという満足の表情ではないか。

勘兵衛と梶之助は、再び鍔迫り合いになった。

押し合った。勘兵衛のほうがはるかに体は大きい。力もまさっているだろう。

ここで勘兵衛は梶之助を突き放し、一気に勝負を決める気でいた。

ふと勘兵衛は、背後にしゅるしゅるという風を切る音をきいた。かすかだが、確かに鳴っている。

なんだ、この音は。しかも近づいてきているようだ。

勘兵衛ははっとした。もしやこれだったのか、あの三日月の形をした手裏剣の狙いは。どういう工夫がなされているのか、戻ってきたのだ。

うまくいったという梶之助の表情はそういうことだったのだ。こうして鍔迫り合いに持ちこむことこそ狙いだったのだ。

今にでも手裏剣が背中に突き立つような恐怖があった。勘兵衛は必死にその恐怖を圧し殺して、ぎりぎりまで手裏剣を引きつけた。風切り音はさらに大きくなった。

もう待てぬ。勘兵衛は刀から手を放し、体を思いきり低くした。

鍔迫り合いから取り残される形になった梶之助は、あわてて刀をあげた。がしん、と鉄が激しく鳴った。三日月が地面に転がっている。

勘兵衛はそれを視野の端に入れて、脇差を引き抜いた。梶之助は勘兵衛の姿を一瞬、見失ったようだ。

刀を振りおろしてきたが、その前に勘兵衛は梶之助の懐に飛びこんでいた。存分に脇差を振るうと、びしっ、と鞭打《むちう》つような鋭い音が響き、まわりの木立からこだまが返ってきた。

勘兵衛は梶之助の横を走り抜け、二間（三・六メートル）ほどをへだてたところでくるりと振り向いた。

直後、ぐむう、といううめきがし、次いで、おのれ、という怒りの声がきこえた。

ぼとん、と音を立てて土の上に落ちたものがあった。

切り離された右腕を、梶之助は信じられぬという顔で見ている。左手一本で刀を握っていた。

「まだ勝負は終わっておらぬぞ」

喉の奥から振りしぼるようにいい、右腕の傷口からおびただしい血を流しつつ、歯を食いしばって近づいてきた。

勘兵衛を間合に入れるや、刀をぶんと振った。しかし先ほどまでの鋭さは微塵《みじん》もなかった。もはや別人と化している。

勘兵衛は軽々と避け、梶之助の背後に出た。

楽にしてやろう、と思った。梶之助が振り向くのを待って、胸に深々と脇差を突き刺した。あばらを避けて突き入れたために、手応えはほとんどなかった。

「おのれ……」

梶之助は口から泡と血を噴いている。言葉はすでに明瞭《めいりよう》でなかった。

勘兵衛が脇差を引き抜くと、それにつられるように梶之助は前に倒れた。どしん、と地響きがした。

梶之助は身動き一つしない。刀はいまだに左手で握ったままだ。

息絶えている。怪物はついにこの世から去ったのだ。

勘兵衛はひざまずき、梶之助の首筋に形ばかりに脇差を突き入れ、とどめとした。

終わった。待ちかねたようにいっせいに汗が噴きだしてくる。喉が焼けつくように熱く、勘兵衛は体中が熱を持っていることに気づいた。まるで真夏の陽射しに、厚着をしてさらされているようだ。

このまま眠ってしまいたいくらい疲れている。しかし、そういうわけにはいかない。

勘兵衛は懐紙で脇差をぬぐい、きれいに血をふき取ってから鞘におさめた。それだけでも、とてつもない力を必要とした。

地面に転がっている刀を拾い、これもきれいにしてから鞘にしまい入れた。

帰るか。おそらく修馬から連絡が行き、麟蔵は勝手をしおって、と怒りまくっているだろう。

はやく帰って安心させてやらねば。美音やお多喜も心配で胸が痛いほどだろう。

そこら中が痛い体を励まし、勘兵衛は林のなかを歩きだした。一歩進むごとに、激痛が走る。このままでは番町に帰るのなど無理だ。どこか人がいるところまで行き、そこで駕籠を、とも思ったが、人けのある場所まで果たしてたどりつけるか。

行くしかなかった。ここでくたばるわけにはいかない。

ほとんど這《は》っているような心持ちだった。だいぶ進んだと思ったが、振り返ると、梶之助の死骸が十間ほど先にうっすらと見えた。勘兵衛は呆然とするしかなかった。

ふと、目の前の闇が動いた。いつしか間近に人影が立っているのに気づいた。

「勘兵衛」

その声をきいて、勘兵衛は安堵した。

「修馬。来ていたのか」

「手だしはできなかったが」

修馬が、闇のなかからぬっと顔を突きだしてきた。

「生きているか」

「傷だらけだが」

「生きていればいい」

「しかしよく来たな。俺が負けていたら、修馬も殺されていたぞ」

「勘兵衛が殺られたら、俺も死ぬつもりだった」

修馬の顔には本気が見て取れた。勘兵衛は胸が熱くなった。

「勘兵衛、肩を貸そう」

勘兵衛は体を修馬に預けた。ふっと全身が軽くなった。

「修馬、今の俺の赤子のような動きを黙って見ていたのか」

「すまぬ。どちらが勝ったのか、正直わからなかったものでな。そのでかい頭の影が見えて、俺はほっとしたよ」

二人はしばらく無言で歩いた。

「勘兵衛、ほら、見ろ。月が出てきたぞ。きれいだな」

さっき梶之助がつかった手裏剣のような三日月が、厚い雲から顔をのぞかせている。

「さしてきれいでもなかろう。満月ならともかく」

「なんだ、相変わらず情緒のない男だな」

「情緒もなにも、俺は腹が減った。なにか食いたい」

「町に出れば、なにか食い物屋があるだろう。それまで我慢しろ」

「おごってくれるか」

「なんでも食いたい物を食っていいぞ」

「ありがたし」

そういった瞬間、勘兵衛は空から三日月が消え失せ、目の前が真っ暗になったのを感じた。地面らしい黒いものが一気に近づいてくる。

「勘兵衛っ」

修馬の叫びが遠くで響いた。

九

「勘兵衛」

修馬の声がきこえた。

「なにをぼんやりとしてるんだ」

勘兵衛は修馬を見た。

「ぼんやりしていたか」

「ああ、夢のなかにいるような顔だ」

修馬が案じ顔になる。

「まだ傷は治りきっておらぬのか。誘って悪かったか」

「いや、治っていなかったら、誘いは受けておらぬ」

勘兵衛は杯を傾け、酒で口中を満たした。ごくりと喉を鳴らすと、あたたかなものが胃の腑に滑り落ちていった。

「うまいなあ」

しみじみといった。

「上田梶之助との対決のあと、酒ははじめてみたいだな」

「そうさ。医者や美音、お多喜にとめられていたんだが」

勘兵衛と修馬は楽松の二階座敷にいる。今日も客で一杯だが、大声をあげて騒ぐ者などおらず、いつもながらの酒と料理を静かに楽しむ雰囲気に満ちている。ほかの客とは、衝立で仕切られている。

「本当に大丈夫なのだな」

「ああ、大丈夫だ。医者も太鼓判を押してくれた。心配するな」

修馬が笑みを浮かべる。

「ほっとしたよ。なんにしろ、こうして酒を飲めるというのはいいことだ」

修馬が酒をすすり、鯖《さば》の味噌煮に箸をのばした。

「やはりうまいな、ここは」

勘兵衛もそそられ、食べてみた。最初に感じたのは、身の甘みだった。次に脂がきて、それが味噌の辛みと絡むようにして、口のなかで溶けてゆく。

「本当だ、とてもうまい」

「さすがに楽松というところなんだろうけど、飯がほしくなるよな」

「もらえばよかろう」

「あとにしておく。今は酒を楽しみたい」

勘兵衛は修馬に酒を注いでやった。修馬が注ぎ返す。勘兵衛は飲む前にきいた。

「それで、話は決まったのか」

「話って」

「話といえば一つだろう」

「早苗どのか」

修馬が深刻そうな表情になる。

「なんだ、駄目なのか」

勘兵衛がきいた途端、一転して笑顔を浮かべた。

「そんなわけがあるはずなかろう。早苗どのはあれだけの活躍を見せてくれたのだぞ。妻にしなかったら、男がすたるというものだ」

「なにを大袈裟にいっている。惚れ直しただけだろうが」

「そういういい方もできるな」

修馬が目を細めて酒を飲んだ。目の前に早苗がいるかのようなとろんとした顔つきだ。

「しかし、早苗どのは本当によくやってくれたよな」

勘兵衛はいい、ひらめの刺身を箸でつまんだ。わさびをのせ、醤油《しょうゆ》につける。淡泊な味といわれるが、ここの刺身は嚙めば嚙むほど旨《うま》みがじわっと出てくる。刺身を咀嚼したあと酒を流しこめば、海の透き通る感じが立ちあがってくるかのようだ。

「それに、策をきいてよくご両親が許してくれたものだな」

「それは俺も思う」

修馬がひらめの刺身を箸でつまんだ。

「ご両親は、話を持っていった俺を信用してくださった。俺はあのとき、この人たちに信頼される人間になりたいと心から願った」

早苗は嫁入り前の娘だ。その娘を借りだし、おとりのような真似をさせるなど、断られるのがふつうだろうが、早苗は即座にやります、といってくれたし、両親は娘の決意がかたいのを見て取って、反対はしなかった。母親の徳江は、ただにこにこと笑っていた。

「進吉もがんばってくれたよな。早苗どのがすばらしい芝居だったとほめていた」

「修馬、進吉には駄賃をやったのか」

「むろんだ。弾んでやったさ」

どのくらいやったのか知らないが、子供たちの喜ぶ顔が勘兵衛には見えるようだった。

「それで修馬、祝言はいつだ」

「まだ決まっておらぬ。勘兵衛、おぬしたちが仲人《なこうど》だ。決めてくれ」

「馬鹿をいうな。仲人などできぬ。話を持っていっただけではないか」

「そういうのを仲人というんだろうが」

「だが、そいつはまずいぞ」

勘兵衛がいうと、修馬はすぐにさとった。

「お頭か。そうか、仲人はお頭に頼まぬといかぬか」

「そういうことだ。へそを曲げられたりしたら、たまらぬからな」

「まったくだよな」

勘兵衛たちは失言に気づき、首をのばしてあわててまわりを見渡した。

「どうだ、勘兵衛。お頭はいらっしゃるか」

「いや、どうやら今宵は見えていないようだ」

勘兵衛はほっとし、座り直した。酒をがぶりと飲んだ。麟蔵の名が出てきて、どうも喉が渇いてならなかった。

修馬も同じようで、ちろりを傾けては手酌でぐびぐびやっている。

「それにしても勘兵衛」

ようやく一息ついた修馬が、杯を大盆の上にとんと置いた。

「上田梶之助の始末がすんでよかったな」

「まったくだ」

あの死闘は、いまだに夢にあらわれてくる。そして、しゅるしゅると背後から近づいてくる音も。あの手裏剣は、梶之助自らつくりだしたのだろうか。

いや、そうとは思えない。もしあれが音のしないところまで工夫されていたら、今頃こうして酒を酌んではいられなかっただろう。

「勘兵衛、傷は本当に治っているんだろうな」

酔ったのか、修馬がまたきいてきた。

「治っていなかったら、こんなには飲めぬ」

「治っておらぬのなら、湯治というのもあるな、と思ったのだが」

「湯治か、いいな」

のんびりと湯に浸かる光景が脳裏に浮かんだ。さぞ気持ちいいだろうな。

「湯に浸かって、いい物を食って、きっと骨休めになるぞ」

「修馬、おぬしが旅に出たいっていう顔だな」

「そりゃ出たいさ。俺はほとんど江戸から出たことがない。一番遠くに行ったのは、親の使いで藤沢だ」

「俺だって江戸は出たことないさ」

「行くか、勘兵衛」

勘兵衛は首を振った。

「どうして」

勘兵衛は静かに酒を喫した。

「俺たちには仕事がある。旅に出るのは、隠居してからでいい」

二〇〇六年四月ハルキ文庫（角川春樹事務所）刊

長編時代小説
凶《きょう》　眼《がん》　徒目付《かちめつけ》勘兵衛《かんべえ》

著　者　鈴《すず》　木《き》　英《えい》　治《じ》

2025年 1 月20日　初版 1 刷発行

発行者　三　宅　貴　久
印　刷　堀　内　印　刷
製　本　フォーネット社

発行所　株式会社　光　文　社
〒112-8011　東京都文京区音羽1-16-6
電話　(03)5395-8147　編　集　部
8116　書籍販売部
8125　制　作　部

ISBN978-4-334-10540-2　Printed in Japan

組版　萩原印刷